U0044765

樹・穴・魔法迷宮

竹涵／著

目錄

感謝所有幫助、鼓勵我的人，感恩天使、塔羅、菩薩的庇佑與加持。

第一章　啓程・洞

不知道是因爲地球暖化的緣故，還是只是純粹太陽發威的影響，讓氣溫毫無節制地向上飆升，此時，正是每年天氣最熱的期間。

但是，不知道是爲什麼有許多的比賽仍然喜歡在這大熱天下舉辦，彷彿在炎熱的太陽下活動就可以獲得最大的活力與能量。

Ａ省的高中聯賽也不例外，硬是要搶著在學期結束之前、在熱情的豔陽下舉行。

「各位同學，下星期就是球賽了！爲了給大家更好的鍛鍊，明天我將帶領到後山去訓練，請大家明早清晨四點在學校操場集合，聽清楚了沒？」巴特教練大聲宣布。

「聽清楚了！」所有的球員大聲回覆。

「好！那現在原地解散！」

「散！」

在教練的一聲令下，終於結束了一整天磨人的練習，所有的球員拖著快被操爆的身軀向休息室走去。

「保羅，你說明天教練會帶我們去哪裡練習啊？」法蘭斯問已經躺平在長椅上的人。

「我怎麼可能知道！我只知道一定又是個魔鬼訓練！」保羅全身無力，只剩一張嘴勉強能回應。

經過一整天的練習，早就把原有的滿滿活力完全抽乾，更別說他覺得今天教練是特別針對他，總是要他做東練西地，被操得全身骨頭都快散了！

剛進休息室的尼克同情地看了他一眼：

「說眞的，保羅，你是不是有得罪教練？我怎麼覺得他今天特別在訓練你和阿提斯啊？」

保羅一聽到有人在同情他，連忙翻身坐起：

「是不是！連你也這樣覺得！可是，我到底何時得罪他的呢？」

保羅自責地拍打自己的腦袋，氣憤自己不長心眼，隊長阿提斯看到連忙拉住他的手：

「別打了！再打下去，若變得更笨就沒救了！好了，大家也別多想，趕快先回家休息，明天一大早就要集合了。」

阿提斯安慰地說，所有球員聽了想一想也是，便慢慢挪動身體、收拾東西準備回家了。

即將西下的夕陽仍將僅存的熱力毫不保留地灑向天際，霞光佈滿蒼穹伴著他們踏上回家的路。

這個時候的他們完全無法預料明天將面臨生死存亡的挑戰，更別提其中有人可能因此而無法再回來。

「姆姆，我回來了！」黑鷹和他相依爲命的姆姆，一起生活。

爲了賺更多的錢，他的父母到城市去工作，留下黑鷹給姆姆照顧。

然而，近幾年姆姆的視力越來越退化，現在反而大部分的時間是黑鷹在照顧她。

「阿鷹啊！你回來啦！過來這邊坐！」姆姆拍拍身旁的椅子要黑鷹坐過來，他聽話地依著她身邊坐下，並且自然而然地牽過將姆姆的手，想要知道姆姆會不會冷、是不是該加件衣服。

但是，當姆姆觸碰到他的手時，一連串不可思議地畫面跑過她的眼前，讓她整個人愣在原地。

「姆姆！妳怎麼了？還好嗎？是不是那裡不舒服？」黑鷹看姆姆的樣子有些不對勁，連忙輕喚著她。

聽到他著急地叫喚，她才回過神來，緊捉著眼前孫子的手，心中有著千萬地不捨！

剛剛那一瞬間，她看到他即將要面臨的未來，而她卻無力阻止或是改變即將到來的這一切。

是的，姆姆的身上有著下白女巫的血統，隨著她現實中的視力越來越惡化、她的靈視能力卻越來越強。

現在的她可以經由觸碰去預知對方的未來，卻無法完全地告訴他，因爲依據古老的法則，誰都不准洩露天機。

她只能開口問黑鷹：

「阿鷹，你明天是不是要去哪裡？」

「是的，姆姆。明天教練說要帶我們到後山訓練，且會在那裏過夜，要我們帶好足夠的糧食和水。我等一下就會去準備了。姆姆，所以明晚我請隔壁的英姨來照顧您，好嗎？」

姆姆感動地摸摸他的頭：

「我的好阿鷹，你別擔心我，我會照顧好自己的。反倒是你……。」

「我？我怎麼了？姆姆，您別擔心，我們都這麼大了，況且還有教練在呢！」

姆姆搖搖頭：

「你不管長到多大，在我眼中永遠都是我最疼愛的小孫子，說什麼都不會讓人放心的。」

「姆姆～～。」黑鷹困惑地看著她一臉愁容的樣子，無法理解爲什麼姆姆會突然間眉頭緊皺。

面對著孫子的困惑，姆姆完全沒有辦法解釋，只能在心裏不斷地思索著：

該怎麼幫助他呢？畢竟黑鷹也有白女巫的血統，她無法就此袖手旁觀，一定得想想辦法救他、甚至是其他的孩子。

她忽然想起祖先留下來的那條項鍊，趕緊出聲喚道：

「阿鷹啊！你扶我到房裏！」

孝順的黑鷹將姆姆扶到房裏的床旁，只見姆姆從枕頭下的一個頗有歷史的木盒中拿出來一條項鍊。

她示意要黑鷹跪在她的面前，黑鷹雖然不知道爲什麼，但還是乖乖跪下。

姆姆一邊唸著咒語，一邊將項鍊掛在黑鷹的脖子上，彷彿在施行某種神聖的儀式。

儀式完成後，她慈愛地摸摸他的頭：

「鷹啊！我想你記得我跟你說過後山是個什麼樣的地方。你明天去切記一定要以恭敬的心看待你所遇到的一切，這條項鍊是祖先留下來的荷魯斯之眼。荷魯斯是古埃及之神，而荷魯斯之眼是眞知之眼。它分爲左眼與右眼，左眼有分辨善惡、悍衛健康幸福的力量，甚至可以復活死者，右眼則是有遠離痛苦戰勝邪惡的力量。它將帶你看到最眞實的世界，幫助你渡過所有的一切，記住無論如何這條項鍊一定要貼身佩掛，必要的時候它將協助你度過難關。」

黑鷹點點頭看著脖子上的項鍊，整條項鍊是以純銀打造，墜子是一個圓圈，圓圈的中央有個像是眼睛的符號，在瞳孔的中央鑲有一顆不知名的寶石，它特別的地方是寶石是穿透兩面的，因此當他翻正面時是荷魯斯的右眼，翻到背面時又變成荷魯斯的左眼，非常別緻。

他雖然不知道姆姆為何突然給他這條項鍊，但是他一直知道姆姆有著特別能力，因此他相信她所說的一切，仔細地將項鍊貼身佩掛。

姆姆慈愛地輕撫著黑鷹的頭髮，她的阿鷹啊！什麼時候也長得這麼大了。

她捨不得地雙手捧著他的頭，將她的額頭緊貼著他的，閉著眼在內心再次祈求著白女巫們務必要護佑著她的阿鷹，保佑他能夠平安順利渡過往後的難關。

就在這個瞬間，姆姆和黑鷹同時感受到一股力量籠罩在他們周圍，一股神秘的力量透過相貼的額頭流動到黑鷹的身上，充滿他的全身。

待這股力量在黑鷹的全身流轉了幾圈之後，他才感覺到周圍那股保護的力量漸漸散去，過了好一會兒，姆姆的額頭才離開了黑鷹。

這下子她不擔心了，因為白女巫已經應允了她的祈求，給予她的阿鷹該有的庇護及力量。

她拍拍阿鷹的肩膀，微笑：

「走吧！我們去吃晚飯吧！我特別煮了你愛吃的菜，晚上多吃一些，明天才有力氣去面對你該有的鍛鍊。」

黑鷹雖然心裏充滿疑問，但是孝順的他看到姆姆不再眉頭深鎖，便感到放心，只是默默扶著姆姆往飯廳走去。

另一邊，身為球隊隊長的阿提斯，一邊走在回家的路上，一邊猜想著巴特教練明天為什麼要帶大家去後山訓練？

他從小在這裡長大，對後山更是熟悉不已，整片後山除了洞穴前的空地外，沒有其他空曠的地方可以練習，那巴特老師帶他們去後山是為了什麼呢？難道是想要帶他們進入洞穴？

阿提斯知道比賽有時候獲勝的關鍵是球員的心理素質，而透過洞穴冒險可以快速地建立並塑造強悍的心理狀態，去面對場上高度壓力。

去年他還沒當上隊長前，巴特教練有帶著他進洞穴探險過，而他也順利通過了。

這一年來他藉著在洞穴探險中所學得的經驗，讓他每每在倒數計時的比賽中更加沉著，更為冷靜地想出絕妙的戰術贏得比賽。

也許這次他可以帶著他的隊員們順利通過這項考驗，提升所有人的心理素質，面對於即將來臨的比賽，具有更大的抗壓性。

一定是這樣的！

想到這裡他自己心裏終於鬆了一口氣，回家路上的腳步也輕鬆許多。

夜晚悄悄佔據了整個天空，稀微的星光讓人沒有注意到高掛在夜空中的月亮竟漸漸變為血紅，僅存的光線全面隱沒在黑暗之中，萬物異常地靜默，只有風微微輕撫著大地，沒有人知道明天將會遇到什麼，更別提沈睡在睡夢中的巴特與球隊的成員們，他們完全無法預料到他們明日的境遇。

第二天，天還未亮，一群人就聚集在操場上。

「尼克，你說巴特那老頭今天帶我們去後山要做什麼呢？」保羅搭著尼克的肩膀問。

「我怎麼知道！我要知道不就跟那老頭一樣瘋狂！」尼克兩手一擺，心中滿是無奈。

法蘭斯聽他們在討論趕緊湊過來：

「就是，誰能料到那老頭在想什麼？！後山那麼荒涼，都是彎曲的山路和森林，能鍛鍊我們什麼能力？挖竹筍還是打獵？」

「哈哈哈！法蘭斯你也太愛吃了吧！你是山豬的化身嗎？」保羅大聲地嘲笑他。

法蘭斯一聽氣地跳起來要打保羅，保羅怎麼可能就站在那裏給他打，當然就是跑給法蘭斯追，阿提斯和黑鷹來的時候就看到這兩人一邊繞著操場跑，一邊玩鬧。

「保羅！法蘭斯！你們不要鬧了啦！趕快過來集合，留點體力等一下爬山。」阿提斯一邊勸著，一邊拉住奔跑中的保羅，黑鷹則幫忙拉住法蘭斯。

「好了！通通給我來這裡集合！」巴特教練一到操場看到男孩們玩鬧的樣子，忍不住大喊，而男孩們看到教練來了，趕緊到他面前排隊集合。

「還再玩！很有體力嘛！等一下就不要跟我說你腿軟、爬不動！我們今天要去後山，預計會在後山待兩天才會下山，等一下會給你們一些時間讓你們再次檢查是否有帶足夠的乾糧和水，並且請跟你們的父母報備，要他們不要擔心。二十分鐘後在原地集合，稍息後開始動作，稍息。」

巴特教練一聲令下，男孩們趕緊朝自己該做的事情飛奔而去。

天空漸漸亮了起來，樹梢的鳥兒們也跟著嘰嘰喳喳，爲了新的一天到來而興奮不已。巴特教練與隊員們正奮力地爬上山，他們的目標在山的另一邊。

還好，眼前的山路並不難走，只是比較荒涼些。

教練拿著番刀砍著眼前高過人身的雜草，一邊將擋在面前的樹枝拋向路旁，整理出來一條比較好走的平路，讓身後的球員們能夠順利通過。

經歷過雜草叢後，轉個彎跨過一個小溪，整個景色大改，變成一邊是岩壁一邊是懸崖的小徑。

巴特教練讓男孩們在小溪旁的空地稍作休息，吃一點東西。

「接下來這一段路比較難走，需要你們手腳並用的爬上去。請注意保持平衡與呼吸，並踩穩你所踏的每一步，因爲一邊是岩壁一邊是懸崖，一個不小心你很有可能就掉到山谷了。我們預計在中午前爬到我們要訓練的地方展開我們的訓練，大家加油。」巴特教練宣布。

「什麼！爬了那麼久，我們竟然還沒有爬到我們要訓練的地方！」法蘭斯大驚失色。

「法蘭斯，別抱怨了！留點力氣，等一下還要爬很久呢！」阿提斯開口勸道，法蘭斯只能悻悻然地猛灌水。

「好了！我們開始行動吧！黑鷹你走第二個，其他人依序跟上，阿提斯你走在最後，壓隊！」

巴特教練沒有給其它人抱怨的機會，一聲令下要所有的人開始往前進。

面對懸崖峭壁上的小徑，所有人只能低頭專注於眼前的爬行，避免一不小心跌落山谷。

正當他們埋頭向前時，忽然前方出現類似鳥類的動物飛過，其中一隻差一點撞到隊伍中間的保羅。

「歐！好痛喔！什麼東西攻擊我！」保羅大叫，他忍不住用一隻手按住自己的頭，只是這樣一下，他就差點失去平衡，還好走在他後面的尼克連忙伸手扶了他一下。

「可能是某種鳥類吧！」走在保羅後面的尼克猜測。

「保羅，可見你有多討人厭，連鳥都欺負你。」法蘭斯嘲笑著，他可沒忘剛剛在山下保羅嘲笑他是山豬，因此有些幸災樂禍。

「法蘭斯！你閉嘴，等爬到山上你就知道，我一定會好好修理你！！」保羅一邊揉著頭一邊生氣地回罵。

「好了！保羅，法蘭斯，閉上你們的嘴巴，好好專心爬山！」巴特教練出聲制止他們鬥嘴，男孩們才心不甘情不願地閉上嘴巴，重新專注在爬山上。

幸好，後面的這段路，會攻擊人的鳥類再也沒有出現。

男孩們依靠雙手雙腳，努力爬過一個又一個擋在路中的巨石。

終於當太陽出現在天空的正中央時，他們終於到達了要展開訓練的地方─伊萊絲樹洞。

當男孩們一方面，慶幸終於擺脫了如同動物般四肢並地在平地上爬行的姿勢時，另一方面，卻發現他們眼前出現的是一個更加詭異的地方。

那是一棵參天的巨樹，樹的下方由巨型的樹根形成一個樹洞，那個洞口大概可以容下一個人的身形通過，無數的氣根垂降在洞口，自然而然形成像是門簾一樣，讓人無法一眼看穿洞裡的狀況。

巴特教練等所有男孩們先爬上來站到洞前的平地上之後，才對他們說：

「孩子們，我準備帶領大家進入伊萊絲樹洞。透過穿越洞中的黑暗，來鍛鍊你們的心智能力與抗壓性。在洞中，我無法預期我們會遇到甚麼，但是請務必保持冷靜、理智與勇氣，堅定地相信我們一定可以安全的穿越。現在請你將你身上的裝備綁緊，我們要進去探險了。」

「什麼！我們要進去樹洞裡，那不是很可怕？！我不要！」保羅小聲地碎唸著，剛剛因爲受到攻擊而受傷的額頭，隱隱作痛讓他覺得更加的不舒服。

阿提斯察覺到他的不適，走過來看了看傷口，伸手掏出袋裏的藥膏，擠出一些藥，往上面塗抹了一些，低聲地安慰他：

「不會啦，我之前有來過，裡面不會可怕。難道你要一個人留在這裡？你若是一個人留在這裡，說不定剛剛那個鳥兒又會來攻擊你。」

「喔，不。我還是跟你們一起進去好了。」保羅緊張地說，膽小的他其實也不敢一個人待在這兒，只能跟著大家一起行動。

阿提斯安慰地給他一個大大的擁抱後，回到隊伍的最後，等待教練的指示。

巴特教練依序檢查完男孩們身上的裝備後，就帶著所有人進入樹洞。

洞口後面並沒有想像中的狹窄，寬度大概可以容納兩個到三個人一起並行，而且可能是因爲是在大樹的下方，因此並不是全然密閉。

正午的陽光透過上頭一些由樹根形成零星的孔洞灑落下來，讓洞穴裡顯得光亮，讓人並不會因爲黑暗而感到害怕。

生性頑皮的男孩，還開始大吼大叫了起來，玩起回聲遊戲，而教練也隨著他們胡鬧並沒有制止他們。

然而，走著走著在無意中洞穴的路越來越狹窄，只剩下一個人可以通過，光亮也不見了，只能靠著巴特教練的頭燈照亮前方，男孩們停止了嘻鬧，安靜地跟著教練的腳步前進。

在穿越一條長長的窄路後，他們來到一個寬廣的穴室。

穴室的左邊有一潭清澈的水塘，而右邊則是一片平坦且空曠的平地。

特別的地方是這個穴室頂端的山壁不知道爲何會閃閃發亮的，十分引人注目。

「哇！這裡好漂亮啊！」保羅挑望著四周讚嘆著這神奇的美景。

「這些是石頭嗎？好像是天上的星星喔！」法蘭斯環視周遭的牆壁。

「是的，這些是天然的礦石，也因爲它們會反射周遭微弱的光線，看起來像是會發光一樣，所以，這裡也被稱爲銀河洞。」巴特教練向他們介紹，他看了看四周，找了一塊空地要男孩們席地而坐。

「我們先在這邊休息、吃點東西，等一下再繼續走。」巴特教練宣布後，男孩們便各自尋找空位坐下來。

洞穴裡的溫度沒有外面環境那麼高，很是涼爽，仔細感覺的話，還可以感受到微弱的風在空間中流動，非常舒適。

「這裡好特別喔！山壁竟然會閃閃發光耶！」尼克抬頭望著頭頂的山壁嘖嘖稱奇。

「這其實是因爲山壁裡有特殊的礦物質，在吸收一定光源後，會產生類似像冷光一樣的光亮。」黑鷹解釋道。

「哇！黑鷹！你好厲害喔！你怎麼會知道？」尼克一臉崇拜。

「我父親以前有進來過，他跟我說過。」黑鷹想起在小時候睡前，忙碌的父親總是會想辦法抽出時間坐在他的床邊說睡前故事，各式各樣的探險故事最受小時候黑鷹的喜愛。

直到後來父親母親的工作越來越忙，每次回家都只是短暫地停留便離開，就再也沒有人跟他說床邊故事了。

黑鷹一邊想著過往的種種、一邊撫摸著胸前姆姆給的項鍊。

阿提斯拍拍好友的肩膀並給他一個鼓勵的眼神：

「別想這麼多了，來！先吃點東西吧！我媽今天特別給我一些鹿肉干呢！」黑鷹從回憶裡回神過來，給好友一個感激的眼神，並拿起眼前的乾糧開始小口小口吃了起來。

「黑鷹說的對。這裡的山壁因爲有獨特的礦物質，而會閃閃發光。這裡也是整個伊萊絲樹洞最空曠與光亮的地方，接下來我們要走的路會更黑暗，請大家務必要小心行走。」巴特教練叮嚀著男孩們。

「嗯……，我們不能就待在這裡嗎？」保羅喃喃碎念。

「不行。」教練冷酷地拒絕，保羅瞬間垮下了臉，坐在他身邊的尼克同情地拍拍他表示安慰，一行人默默啃食起手上的乾糧，在心中想像著接下來的路程。

待男孩們吃飽喝足後，教練還特別要求他們利用眼前的水塘，把水壺裝滿。

「這裡的水經過山壁層層過濾，非常乾淨且甘甜。我們還要走一大段路，趁現在把水壺裝滿，免得等一下沒水喝。」教練下令。

「這到底是什麼鬼鍛鍊啊？之後竟然可能連水都沒得喝！」法蘭斯小聲呢喃，卻也不敢違抗教練的命令，只能乖乖地將手上的水壺裝滿。

待所有人都裝完水之後，巴特教練帶著他們繼續往前走。

眼前的路果然越來越狹窄，所有人不得不側身，甚至是以匍匐前進的方式才能通過眼前的通道。

「馬的，這是甚麼爛訓練啊！弄得我全身都是土！」保羅低聲抱怨。

「別抱怨了，等一下，如果被丟下那可不是好玩的！」尼克安慰。

「我好餓啊！甚麼時候才可以吃東西？」法蘭斯喃喃自語，黑鷹拍拍法蘭斯的肩頭示意他繼續往前走，法蘭斯無可奈何只能拖著空空的肚子向前爬行。

也不知道走了多久，灰頭土臉的他們最終來到了一個比較空曠可以站立的地方。

男孩們拍拍身上的灰塵，直起已經弓起許久的腰，舉起雙手伸展一番。

阿提斯打量著四周，他們正站立在另一個穴室。

左邊的山壁上方有一個洞，月光正透過那個洞照射到洞裡，替漆黑的環境增添了不少明亮。

「哇，是月亮耶！終於來到一個可以看得到天空的地方。一直在隧道裡走著，我都覺得自己快變成地鼠了！」阿提斯故意開起玩笑，大家聽了頗有同感一起笑了出來，使得原本緊張的氣氛頓時緩和不少。

爲了要節省電源，大夥兒紛紛將頭燈關閉，頓時整個山洞佈滿柔和的月光，讓人放鬆許多。

巴特教練對男孩們宣布：

「我們今晚就在這裡扎營。」

「喔耶！終於可以吃飯了！」法蘭斯迫不及待地拿出飯團來啃食，其它男孩們紛紛也拿出食物來吃。

就在他們正在享用他們的晚餐時，突然有一隻像鳥一樣的動物從頭頂上的洞口朝著法蘭斯衝過來，叼走他手上的食物。

「臭鳥！搶了我的食物就跑！」法蘭斯追上去想搶回原本屬於他的食物，但是怎麼也追不上已經飛走的鳥兒。

暴怒的他撿起地上的石頭，朝那個像鳥兒一般的動物丟過去，可惜，那石頭沒有丟到那動物，反而是彷彿消失在山壁上，完全察覺不出石頭的確實的落點，他生氣地大罵：

「臭鳥！如果讓我逮到你，一定把你烤來吃！」

正當他直跺腳時，一群像剛剛類似鳥兒的動物向下直衝而來，不斷地用他們的爪子攻擊教練與男孩們。

這突如其來的攻擊，讓所有的人抱頭鼠竄，沿著山壁逃跑並想要找一個可以躲避的地方。

然而，光滑的山壁根本沒有任何突起的石頭或是遮蔽物，所有的人只能盡量縮起身體，不停地繞圈子奔跑。

慌亂之中，不知是誰碰觸到了甚麼，整個穴突然振動了起來，在地上裂開了一個縫。

被攻擊到無法思考的所有人，本能地跳進去那個洞穴躲避。

當所有的人跳進去後，石縫竟然自動闔上了，將與對他們發動攻擊的不知名動物隔離開在外。

暫時是安全了，黑暗中男孩們只能聽到彼此因為逃避攻擊而累癱的喘息聲。

過了，好一會兒，教練才打開了他的頭燈，讓黑暗中有些許的光線。

「所有人都有跟來嗎？阿提斯？黑鷹？保羅？尼克？法蘭斯？」巴特教練一一點名確認全部的人都在眼前。

「剛剛那是甚麼啊？怎麼這麼恐怖！」尼克用顫抖的聲音詢問。

阿提斯若有所思地說：

「如果我沒有猜錯，剛剛那個類似鳥類的動物很可能是賽蓮。」

「賽蓮？那是甚麼動物？我看它們有著人臉，但是卻又有著鳥兒的身體。」法蘭斯恐懼顫抖著。

「賽蓮！你是說傳說中伊萊絲公主的守護者，賽蓮！」黑鷹驚慌地重複。

「恐怕阿提斯說對了，我們遇上賽蓮。」巴特教練若有所思地說，他停頓了一下又說：

「大家先不要慌，我們先找一個地方休息一下。跟我走。」

所有的男孩點點頭、默默地跟著巴特教練往前走。

這個地下的通道雖然黑暗，但還算是平坦、寬敞，可以讓所有的人站立著通過。

許久以後，在山壁旁出現了一個凹下去的空間，大小大概可以容下所有的人在裡面躺平。

巴特教練觀察了一下整個空間後，又看看身後疲憊不堪的孩子們，對大家說：

「我看大夥都累了，我們先在這裡休息、睡一下。不知道還會發生甚麼事，我們必須想辦法保持體力，才能找到路徑走出去。所以，我們先分成兩組輪流休息跟值夜。阿提斯、尼克、法蘭斯你們守上半夜，保羅、黑鷹你們兩個跟我一起守下半夜。」

說完就就指揮著男孩們就地安置，保羅、黑鷹跟巴特教練先靠著山壁休息，而阿提斯、尼克、法蘭斯則靠在一起守著夜。

法蘭斯怯怯懦懦地問：

「阿提斯，你剛說的賽蓮是甚麼動物阿？我怎麼沒有聽說過。」

「賽蓮，傳說中是一種人面鳥身的動物，傳說中是伊萊絲公主的守護者，也是伊萊絲公主的僕人。看來我們這趟探險無意中驚動了伊萊絲公主了。」阿提斯感到十分煩惱。

「那這下怎麼辦呢？」尼克皺起眉頭。

「現在只能想辦法找路出去了。」阿提斯聳聳肩。

「阿提斯，你說的伊萊絲公主又是誰？」法蘭斯問。

「伊萊絲公主是森林之王的女兒，負責守護這片森林最重要的寶物。傳說中這個樹洞是森林寶藏的通道，因此，賽蓮才跟伊萊絲公主駐守在這裡。而且，聽說伊萊絲公主是一個脾氣陰晴不定的美豔女神，我們要更加小心，千萬不要得罪她。」阿提斯提醒著，尼克和法蘭斯只能點點頭，繼續一起守夜。

到了半夜，巴特教練要阿提斯、尼克、法蘭斯先去休息，換他和保羅與黑鷹。

保羅忍不住問：

「黑鷹，你知道路可以出去嗎？我們會在這裡待多久啊？」

黑鷹摸摸保羅的頭：

「我們現在掉在一個連我都搞不清楚方向的地點，坦白說，我不知道該怎麼走出去。」

保羅一聽激動的跳起來哭著說：

「嗚嗚嗚！我不要被困在這裡！我想回家！」

黑鷹安慰地抱住保羅：

「保羅，冷靜點，我相信我們會出去的。」

巴特教練看保羅這樣，內心也不好受，自責地想：如果他沒有堅持要帶他們進來伊萊絲樹洞的話，男孩們也不會遇到這種事情了。

他溫柔地摟了摟保羅的肩膀：

「相信我，我會帶你們走出去的。」

保羅這才緩和些，漸漸停止哭泣，努力穩住自己的情緒，跟著黑鷹與巴特教練繼續守夜。

整個地道黑暗且寧靜，彷彿是被世界遺棄的角落，教練和男孩們隱身於其中等待光明來臨。

萬幸的是，這一夜再也沒有發生任何的驚險狀況。

巴特教練看了看手腕上的錶，計算了時間，叫醒了沉睡中的男孩們。

待全部的人清醒之後，就著頭燈的一點光亮，重新檢視了身上僅剩的裝備與糧食。

「教練，我們的糧食和水大概可以再撐一天的時間。」身爲隊長的阿提斯跟巴特教練報告。

巴特教練點點頭：

「嗯，我們得盡快找到路出去。我們先走回去昨天掉下來的地方看看能不能讓我們出去。」

說完就帶著男孩們往回走。

摸索之間，來到他們昨天掉下來的地方。

抬頭一看上方是完整的山壁，一點也沒有昨天裂洞口的痕跡，巴特教練跟男孩們在附近找了很久，也沒有找到任何的機關可以打開洞口。

「這下子我們眞的成爲地鼠了！」阿提斯無奈地苦笑，他想開個玩笑緩和一下氣氛，可惜成效不彰，反而引起保羅情緒：

「嗚嗚……，怎麼辦？怎麼辦？我們回不去了啦！回不去了啦！！」

「不會的！我們從另外的方向走走看，說不定可以找到路回去。」

尼克提出建議並安撫著保羅，試圖讓他冷靜下來，重新打起精神往通道的另外一邊走去。

通道的另一側是緩和的上坡，讓男孩們有種快到地面的錯覺，但是在一個轉彎之後，他們面對的是一個看不到盡頭往下的階梯。

黑鷹首先提出他的疑問：

「這裡怎麼會有人爲的階梯呢？會通往那裏呢？」

從頭燈可以照亮的範圍可以看到這段階梯非常的平整，似乎是用石板一個個拼接起來。

巴特教練搖搖頭：

「不知道，也許是之前挖礦的人留下的。」

阿提斯探頭看了看，還是看不到盡頭，開口說：

「也許這是通往外界的一條路。」

「可能是。我們現在也別無選擇了，只能走走看。」巴特教練說。

他讓阿提斯領著男孩們沿著階梯往下走，自己則走在最後面。

他們順著階梯一格格往下步行，漸漸地兩邊出現的不再是土堆般的山壁，而是平整的岩壁，如果仔細看還可以看到每隔一段距離岩壁上會出現一小塊精緻的雕刻，彷彿是人爲刻意維護。

然而，一心只想趕快出去的男孩們並沒有發現，仍專注地向前走。

也不知道時間過了多久，他們來到一個比較平坦的區域。

黑鷹仔細觀察周遭以後，發現岩壁上似乎有可以點燃火把的地方。

他利用懷中的打火石將牆上的火把點燃，瞬間讓原本黑暗的穴室明亮了起來。

過於耀眼的光芒，讓在黑暗中待得許久的他們感到有些刺眼，用力眨了眨眼才漸漸適應，看清現在所處的環境。

這裡似乎不是一個密閉的空間，而是一個長廊。

長廊的盡頭則是一個向上的階梯，回頭看另外一端則是他們剛剛走下來的階梯。

「這是甚麼地方啊？」保羅遲疑地問。

「這看起來像是人造的建築，不知道那階梯的盡頭是通往哪裡？」尼克猜測。

「但是我知道這個應該不是個密閉的地方，因爲我好像聞到食物的香氣！」法蘭斯感到興奮。

「法蘭斯，你的鼻子也太靈了吧！我怎麼沒有聞到。不愧是山豬啊！」保羅取笑。

「當然，我的鼻子最靈敏了！」法蘭斯驕傲地說，他頓了一下，才發現自己被保羅取笑是山豬。

「該死的保羅，你竟然又取笑我！」法蘭斯作勢要打保羅。

巴特教練制止了他們：

「好了！別胡鬧，大家休息一下喝個水，我們再繼續往前走。」

男孩們才停下的打鬧，各自喝起自己帶的水。

停留一下後，繼續向前走。

長廊的盡頭是一個旋轉向上的階梯，他們循著階梯向上爬行。

「這樓梯會通向那裡啊？一圈一圈轉得我頭都暈了！」保羅邊走邊抱怨。

「就是說，到底何時才是個盡頭啊？」尼克附和。

就在他們兩個人相互抱怨的當下，一座巨型雕花的拱門出現在他們面前，門上並沒有任何的鎖或是門把。

看著眼前的拱門，法蘭斯狐疑地說：

「這門要怎麼打開啊？又是通向那裡呢？我聞到似乎有食物的香氣從門後面傳過來。」一邊說還一邊將手平放在門上，試圖將其推開。

「你看！這裡有一個手掌印的樣子，但我的手比這個掌印大太多了。」法蘭斯一邊說一邊把手放在上方比劃著，所有人都好奇地將自己的手掌放上去比劃一番。

直到巴特教練將他的手掌按在上面，並輕輕推著這扇門時，突然地面有些震動，這扇門竟然就這麼被打開了！

第二章 中計・湖

豎立在面前巨大的門板慢慢向兩邊移動，出現在眾人眼前的一個寬敞的日式廳堂。地上全鋪著塌塌米，上面更隨意擺放幾個看起來就很舒服的坐墊，兩旁原本應該是山壁的地方，竟然掛著一片又一片的日式格子窗，隱約的光線從格欄間穿透過來。

整個空間是由木頭搭建而成，仔細聞還可以聞到似乎是檜木的香氣，而在空間的正中央放著一張擺滿食物的大桌子，對一群爬了一整天、昨晚又沒睡好的男孩們而言，完全無法抗拒這麼舒適又誘人的氛圍，只想大吃特吃一頓。

正當他們遲疑著憑空出現的這一切時，一陣煙霧在他們眼前幻化出一個身穿黑色燕尾服的執事。

「呵呵呵，歡迎你們來到伊萊絲公主的地底城堡。這裡好久沒有人來光顧了，歡迎大家！我來自我介紹，我姓冷，你們可以稱呼我爲冷執事。我是特別代表尊貴的伊萊絲公主，在這裡歡迎各位貴賓來到我們伊萊絲樹洞。各位一定又累又餓了，公主爲了歡迎各位，特別在這溫馨的蘿絲瑪莉廳準備了許多美食，讓你們可以塡飽肚子、好好休息，明天再繼續你們的旅程。」

法蘭斯和尼克一聽到這些食物是爲他們準備的，連鞋也沒脫，馬上衝上前去拿起桌上的食物咬上一口，阿提斯想阻止他們都來不及。

「哇！這雞腿好好吃啊！」法蘭斯咬了一大口手上的雞腿後，大聲感嘆。

「是吧，是吧！我可是滷了三個多小時呢！」冷執事應合著。

尼克嘴裏則是塞滿了食物完全說不出話來，只是不斷拿起眼前的食物，拼了命地吃。

而其他人則被眼前的情形嚇到了有些愣住，冷執事似乎不在意他們驚訝的表情，依舊熱情招呼他們一起來享用：

「來來來，請盡情享用這美味的大餐！千萬不要客氣！」

巴特教練看著他們狼吞虎嚥的模樣，似乎也沒什麼事，不由得放下戒心，示意其他的人上前。

他們小心翼翼且有些不可至信地坐到餐桌旁，冷執事看出他們心中的懷疑，忽而出現在阿提斯和黑鷹的中間低聲說道：

「別擔心，公主想要迷惑人有太多的方式，可不屑在盤中的食物下毒呢！」

「是啊！阿提斯趕快來吃，這烤肉眞是太美味了！」尼克像是獻寶似的拿起一串烤雞肉給阿提斯。

他伸手接了過來，咬上了一口，這烤肉串烤得焦香但卻不會乾澀，反而飽含肉汁，尤其是那肉串上的醬汁調得剛剛好，超好吃的！讓人一口接著一口停不下來。

其他人看到隊長吃了似乎沒事，因此也放下心來拿取眼前的食物。

桌子上不斷有不同的美食出現，有時候是鬆軟的麵包，有時候是熱騰騰的燉牛肉。

「哇！這裡竟然有烤德國豬腳！」保羅開心地大叫。

「還有炸雞耶！」尼克激動驚呼。

黑鷹發現更神奇的是，只要他腦中想要吃什麼食物，那食物就會出現在桌子上，且份量剛好是一個人份，不會讓人一下子吃太多而感到厭煩。

漸漸地所有人都沈浸在這歡樂的氣氛中，而卸下心防，尤其是所有的人都可以依照自己的心願吃到自己所喜歡的食物，更讓多天來只能啃乾糧的他們開心不已。

席間，原本看起來嚴肅的冷執事，手上還拿著不同的飲料幫他們注滿眼前的杯子。

「來，多喝點，你們這幾天一定也沒有好好喝什麼東西。這裡有最好喝的飲品，你們多喝點，喝完我再去拿。不用客氣。」冷執事熱情勸說。

「謝謝你，冷執事。」阿提斯誠心地向他道謝。

「別客氣，你們能夠來到這裡，我才更開心呢！好久沒有人來到這裡了。來來來，再多吃一點，千萬別餓著呢！」冷執事大聲地吆喝著，雙手更忙碌著招呼他們。

最後，他拿來一壺類似像是葡萄汁的飲料，穿梭在他們之間，幫每個人都倒上滿滿一大杯。

「來！讓我們一起舉杯慶祝這難得的相聚！」冷執事舉起面前的杯子，熱情地邀請大家舉杯。

所有的人不疑有他地隨之舉杯，衷心感謝這難得且神奇的賜予。

「好，謝謝冷執事、謝謝伊萊絲公主。」男孩們高舉著自己手上的杯子、大聲說，且喝了一大口杯中那看起來像葡萄酒的飲料。

就在他們喝了一口之後，咚！的一聲，全部人瞬間暈過去，趴倒在桌上。

冷執事大手一揮，瞬間美食、酒杯、桌子都消失不見，每個人像一具具屍體般直挺挺地平躺在地上。

此時，一隻巨大且色彩斑斕的蝴蝶從門外飛了進來，在冷執事面前瞬間幻化成一個豔麗、妖嬈的女人。

冷執事恭敬地半跪一隻腳向這名女子行禮：「公主殿下！」

伊萊絲公主看了看地上躺著的人們，走到跪著的冷執事面前，用一隻手指頭輕挑地抬起他的下巴說：

「冷執事，不得不說你這次事情辦得不錯！」

「謝謝公主殿下的稱讚！」冷執事有些興奮得到了尊貴公主的稱讚，低下頭去竊笑。

公主放開了他，轉頭仔細地板看著每個躺在地板上的屍體後說：

「好好睡吧！我可愛的孩子們，我往後的幸福就靠你們了。哈哈哈哈～」笑著笑著，公主又幻化爲彩蝶向遠方飛去。

空氣中伊萊絲公主如銀鈴般的笑聲逐漸遠去，一切又歸於寂靜與黑暗。

彷彿是一個世紀那麼久，阿提斯和黑鷹的腦袋才逐漸清醒，他們眨著如鉛塊般沈重的眼皮，奮力地將眼睛張開，出現在他們面前的是一片黑暗，要不是這兩個人是手把手挨著，便不會知道對方就在身旁。

「阿提斯，你醒了嗎？其他人呢？」黑鷹有些不確定地問。

「黑鷹嗎？我在你旁邊，我的另外一邊好像是保羅。」

「保羅、保羅，醒醒！你還好嗎？」阿提斯搖晃著身旁的保羅。

「嗯？我在哪裡？這裡怎麼這麼暗？」保羅被阿提斯搖醒，坐起身來看看四周。

突然間整個空間亮了起來，他們看見巴特教練、尼克和法蘭斯被放在三個獨立且直立的玻璃棺裡，彷彿是深深沈睡一般，那情景詭異的就像是擺在博物館裡展示的標本。

保羅激動地衝向前，不停地拍打著玻璃帷幕想要叫醒他們：

「巴特教練！尼克！法蘭斯！巴特教練！尼克！尼克……。」

「喔～～，我的保羅小乖乖，別擔心，他們只是沈睡而已，我們沒有對他們做任何事情。但是，你們就不同了。他們的生死存亡就決定在你們手上了！」

冷執事憑空出現從玻璃帷幕的上方緩緩降落在他們面前。

「冷執事，你騙人！你明明說你不屑用在食物裏下毒的手段！」黑鷹大吼。

冷執事繞到黑鷹的身邊、靠在他的耳邊：

「喔，不不不，我親愛的小黑鷹，相信我，我們真的沒有下在桌上的食物裏……。我是放在最後的葡萄汁裡。哈哈哈哈～～。」

「你這卑鄙的小人！」保羅邁前想要攻擊他。

冷執事瞬間移開：

「我親愛的保羅小寶貝，你冷靜點兒，我很不喜歡別人動手動腳！況且我只是讓疲累的他們深深熟睡而已。他們並沒有死亡，他們珍貴的生命正掌握在你們的手裡呢！」

看著這樣的情形，阿提斯也不禁大吼：

「冷執事！你到底想要做什麼！」

冷執事摀了摀自己的耳朵說：

「小聲一點，現在的地球之子真沒禮貌！總是這麼大聲的講話！」

然後又突然變成一張冷酷又兇殘的臉，放大且貼近阿提斯、黑鷹及保羅怒道：「這是你們求助人的態度嗎？」

阿提斯、黑鷹及保羅被那恐怖的臉嚇到整個人蹲在地上直發顫！

冷執事看他們嚇成這樣，才慢慢回復他原本和善的樣子，並輕輕拍著阿提斯的背說：

「乖，不怕！不怕！我只是不喜歡別人對我吼叫，才會變成那樣的，其實我最疼愛小孩的。來！咱們好好說。」

等到他們似乎冷靜下來、不再發抖後，才又繼續說：

「其實這件事再簡單不過了，公主和我只是想請你們幫個小忙，幫我們到地底取回玫瑰沙漏。」

「那是什麼？」黑鷹忍下心中的懼意問。

「這是公主的吩咐，公主吩咐的我們就一定要服從，千萬不可以回嘴或是有任何的質疑……。」冷執事喃喃碎念。

「那玫瑰沙漏到底是長什麼樣子？又有什麼作用呢？」阿提斯鼓起勇氣再度詢問。

冷執事有些不耐煩地說：

「如果我知道玫瑰沙漏是什麼，我就自己去了，幹嘛還要你們呢！」

「我就知道事情沒這麼簡單！」保羅小聲呢喃。

「你說什麼？」冷執事掏了掏耳朵、假裝沒聽到似的又再問了一次。

「沒…沒…沒什麼～～」三個人深怕剛剛那個恐怖的臉又出現趕緊搖頭。

冷執事像是鬆了一口氣一般：

「沒有就好，那我就不擔誤你們了，你們趕快出發吧！喔，對了，我忘了跟你們說，你們這個任務是有時間限制的。你們看！他們待的玻璃筒裡會慢慢滲出水來，一次一個人，淹滿整個人才會換下一個人。不過即便水淹沒了整個人，可能也不是壞事，至少表示這個人將永遠陪伴在伊萊絲公主的身邊。」

「這也太過份了！」阿提斯氣得大叫。

只見冷執事越飄越遠、漸漸消失在空中，他的話語隱隱傳來：

「我的阿提斯小寶貝，我建議你少生點氣，趕緊出發吧！免得你的朋友們都要被淹死了！啊～哈哈哈哈，我眞是個好心人啊，給你一個這麼忠肯的建議……。」

隨著冷執事的消失，整個空間再度暗了下來，只剩下巴特教練、尼克及法蘭斯所待的三個玻璃帷幕是亮著。

保羅無力的癱坐在地上看著巴特教練玻璃帷幕中漸漸滲出水來，沮喪地說：

「該怎麼辦？我們現在該怎麼辦？該上哪裡去找那該死的玫瑰沙漏呢？」

阿提斯拍拍保羅的肩膀安慰他：

「別沮喪，總會有辦法的。」

「是啊！總會有辦法的。」黑鷹安慰著保羅，也安慰著自己。

保羅點點頭但又抬起頭來有些茫然地說：

「可是我們該往哪裡走呢？我們根本不知道那玫瑰沙漏到底在哪裡？」

正當他這麼說時，身後的一面山壁有些許的震動，三個人趕緊跑過去看。

山壁上竟然裂開了一個縫，大小剛好是一個人的寬度。

三個人看著這個裂縫，面面相覷。

「難道是從這裡走？」保羅感到遲疑。

阿提斯探頭進裂縫中看了看：

「不管了！至少先從這裡離開再說。」

黑鷹認同地點了點頭，率先從裂縫中鑽了進去，接著是保羅，最後是阿提斯。

他們進入到一個異常狹窄的通道中，只能容許一個人單向通行。

黑鷹只能手腳並用摸索著前方的通道，小心翼翼地在石縫間找尋著可以通行的空間。

就在左彎右拐之下，他們鑽了出來，呈現在眼前的是一大片藍色的湖泊。

湖泊的上方有著一個很大的洞口，久違的陽光和溫暖的空氣正從那洞口灑下，讓湖面波光粼粼美麗極了！

湖面的四周則長滿不知名的熱帶闊葉植物，有些樹長得無比高大，甚至超過了洞口。

「哇，好漂亮的地方啊！太好了！我們終於有機會可以離開這個鬼地方了！」保羅開心地大叫。

「是啊！只要爬上那面山壁，我們就可以出去了！」黑鷹看著洞口那片藍天心裏覺得充滿希望。

「可是在洞穴裡的巴特教練、尼克、和法蘭斯怎麼辦？如果我們就這麼逃出去了，誰來救他們呢？」阿提斯有些猶豫。

「我們可以出去請人協助，一起來救他們啊！」保羅提議。

「說的也是！走吧！開始行動吧！」黑鷹仔細地觀察了一下周圍的山壁及樹林，發現有一條藤蔓從超過洞口的樹梢垂了下來，他二話不說立刻攀爬上去，想要藉著樹藤往洞口移動。

保羅和阿提斯看到，也學著黑鷹的動作向上攀爬。

在過程中，周圍有許許多多分歧的小樹枝和充滿尖銳的雜草，將他們的手臂割劃的傷痕累累，但是他們仍忍著疼痛繼續向上攀爬。

然而，詭異的是，這棵樹似乎是會自動長高，每當他們抬頭向上仰望判斷距離時，自己離洞口的位置似乎沒有任何的縮短，似乎只是在原地徘徊一般。

他們越爬越感到失望，終於體力透支的他們一個不小心，手一滑從樹上摔了下來，掉進下方的湖水裡。

寒冷的湖水冰凍了他們所有的意念，拖住他們不停往下墜落。

在阿提斯溺斃前最後的念頭是，他對不起巴特教練及其他人，他終究沒辦法將大家救出去。

湖水裡，一個又一個的氣泡，無聲且規律地從深處竄出，有大、有小，在水中無重力地漂流著。

墜落湖中的他們意外地穿過氣泡壁，包裹在氣泡中，隨著泡泡在湖中四處飄移。

從湖底長上來一棵棵巨大的水草，順著水流與氣泡左右搖擺著，巨大的葉片將他們像乒乓球一樣打過來、拍過去。

那反彈的力道喚醒了失去意識的他們，讓阿提斯、黑鷹和保羅在各自的氣泡中逐漸清醒。

「這裡是哪裡啊？」阿提斯臉貼著氣泡膜，向外探查。

「啊～～我怎麼倒立了？」黑鷹有些慌亂。

「啊啊！救命啊！誰來救我出去！教練！阿提斯！」保羅在氣泡裡尖叫。

但是，卻沒有任何人回答他們的疑問。

就這樣被拋來拋去，沒有停歇。

且不知道那氣泡膜到底是由什麼物質形成，看起來薄而透明，實際上從裡面怎麼戳都戳不破，令人感到心煩氣躁。

就在保羅被這毫無章法的水流，攪得七昏八素都快吐的時候，一陣莫名騷動擠壓著水草，讓水草將他們所處的三個泡泡向下擠壓。

湖水的底部並不是實體的地面，反而像是液體的表面有很大的張力撐著所有的東西。

因此，當他們泡泡的膜觸碰到湖水底部時，他們覺得自己像是水分子被高滲透出的細胞膜一般，被一股壓力向外擠壓。

啵！的一聲他們三個人被各自的泡泡擠了出來，掉在一片充滿彈力且白色的物體上。

「這是什麼鬼地方啊！」保羅忍不住大叫，其他兩個人還來不及回答，一陣風吹過來將他們三個人從白色的彈力物體上吹落在一叢樹葉堆裡。

黑鷹掙扎著從樹葉堆裡爬出來到地面抬頭一看，原來他們剛剛是跌在一個超巨大的蘑菇的菌傘上。

「哇，這蘑菇也太大了吧！」他驚訝地說道。

阿提斯用腳踩踩地面，看著另外兩個經過努力掙扎後也爬出來的好友說：

「雖然我不知道這裡是哪裡，但是至少這裡是穩固的地面。」

保羅聽了苦笑了一下：

「也是，至少不用再毫無目的在水裏飄來飄去，我受夠了那無重力狀態。」

阿提斯拍拍保羅的肩膀：

「至少我們活下來了！」

他抬頭觀察四周環境，他們似乎是在一個熱帶森林的邊緣，身後是一大片的雨林，眼前則是一片連接著海洋的沙灘，遠方的天空佈滿橘黃色的光芒，就像是夕陽下的晚霞一般燦爛而美麗。

看著眼前祥和的景色，疲累不堪的三個人忍不住蹲坐在沙灘上，陣陣微風輕吹，緩緩地將他們所有的疲憊吹散，聽著海浪拍打著沙灘的聲音，平復著各自的心情。

阿提斯望著前方的海洋，煩惱著玫瑰沙漏是什麼樣子呢？到底要上哪裡找這個東西呢？如果找不到，教練、尼克和法蘭斯又該怎麼辦？

就在這個時候，從海洋的遠方似乎有個黑影出現，仔細一看，似乎游來了一隻有著長長尾巴、像是鰻魚一般的陌生生物。

害怕的他們紛紛站了起來，本能地離開海洋遠一些，然而，那個生物仍然往他們這邊靠近。等他游近，首先浮出水面的竟然是一個成年男人子的頭，接著是與鱗片相交的腰，最後是佈滿魚鱗的尾巴。

他用他的尾巴撐起了整個身體，就像是個人站在他們的面前，並且開口對著阿提斯說：

「你好！阿提斯，我是魚龍。」

「你怎麼知道我的名字？」阿提斯有些意外，對方知道他的名字。

「呵呵呵，這世界上還沒有我魚龍不知道的事情呢？」魚龍微笑回應。

「魚龍？您是魚龍先生！伊萊絲樹洞中最博學的智者！我小時候聽父親提起過您。」黑鷹感到十分驚訝。

「沒想到有人聽過我，喔喔喔，原來是故友的小孩啊！我來猜猜看，你是……。」魚龍拖著他長長的尾巴繞著他轉了一圈：

「原來你是黑鷹，黑龍的孩子。」

「是的。」

「你好、你好。我跟你父親黑龍很久沒見了，沒想到他還跟你提過我，真是神奇。既然你們是故友的孩子，我們能夠相遇也是一種緣份，有什麼問題就盡量問吧！我會盡力回答你們的。」魚龍和藹地回應。

「親愛的魚龍先生，請問我們現在在哪裡呢？」

「親愛的保羅，看來這趟旅程教會了你什麼是禮貌，不錯、不錯。」

保羅聽到魚龍先生這麼說，有些不好意思地搔搔頭。

魚龍先生接著說：

「保羅，在你們身後的是荒謬森林，在森林裡面的一切都很荒謬，至於是如何荒謬，就得由你們自己去發現。在你們面前的則是失戀海洋，你們所看到的每一滴海水都是由伊萊絲公主失戀時所流的眼淚匯集而成。你們應該已經遇上伊萊絲公主了吧！唉～～說起來，伊萊絲公主也眞是可憐，不知道爲了失戀哭泣了多少次，才形成了眼前的這片海洋。直到最近她聽說只要能夠得到傳說中的玫瑰沙漏就可以保有幸福，才停止了哭泣。所以她的僕人冷執事才會請你們一定要幫她找到玫瑰沙漏。」

「魚龍先生，請問什麼是玫瑰沙漏？它到底長得是什麼樣子呢？」

阿提斯提出心中一直以來的疑問。

魚龍先生聽了阿提斯的問題，低頭思索了一番，才慢慢抬起頭來望向遠方，緩緩開口說道：

「很久很久以前，有一對相愛的國王與皇后，浪漫的國王用魔法將他和皇后相處的每一個甜蜜時光都幻化成一朵朵粉色的玫瑰，將它們細心地存放在時空玻璃瓶裡，永久保存。直到有一天，他深愛的皇后意外去世了。傷心的國王將所有的粉色玫瑰放進一個神奇的沙漏瓶中，每當一朵玫瑰落下時，國王就可以重溫當初和皇后在一起的幸福時光。」

說到這裡，魚龍先生將他的眼神投射在不知名的遠方，彷彿是在懷念什麼。

「好悲傷的故事啊！」保羅輕嘆。

「是啊！也因爲這樣，後世的人們才謠傳玫瑰沙漏有讓人幸福、獲得圓滿戀情的能力。玫瑰沙漏外觀跟一般的沙漏一模一樣，唯一的不同是，裡面裝得並不是沙粒，而是一朵朵繽紛的玫瑰花。」魚龍先生回答。

「那我們該如何找到這個玫瑰沙漏呢？」黑鷹說出他的疑問。

魚龍先生微笑地轉過頭來繞著黑鷹看了一圈，恍然大悟：

「啊～～原來是你啊！難怪剛剛沒有看出來！原來你也同時是白女巫的後代啊！原來如此、原來如此。你的身上是不是有一條項鍊？」

「是的，先生。我的姆姆昨晚特別為我掛上這條荷魯斯之眼。」黑鷹特別將項鍊從衣服裡拉出來給魚龍先生看。

魚龍先生微笑地看著他：

「那你就不用擔心了，你只要誠心地向荷魯斯之眼許願，它就會指引你到你想去的地方的。」

魚龍先生又轉頭仔細地再看了看阿提斯跟保羅：

「啊！真是有趣的組合啊！跟我如此有緣份的你們，也該送點什麼禮物給你們，該是什麼好呢？有了！」

魚龍先生示意保羅將他的手掌攤開，並將自己的手以掌心對掌心的方式擱在保羅的手上，不久之後當他移開他的手的時候，在保羅的手掌心出現了一個類似像鑰匙一樣的記號。

「學會有禮貌的保羅，我決定把這個心之鑰送給你。你將可以藉由它的力量開啓任何你想要開啓的東西。」

「謝謝先生。」保羅心中充滿感激。

「至於你，阿提斯。」魚龍先生向阿提斯招招手要他來到他的面前，並將他的額頭緊靠在阿提斯的額頭上，一陣光暈罩住他們兩個人。

當他的頭離開阿提斯的頭，光暈漸漸散去，耳邊聽到魚龍先生說：

「我將我的一絲意念種在你的腦海裏，以後你只要有任何問題想要問我時，只要你在心裏呼喚我，我就出現在你的面前，爲你解答。」魚龍先生摸摸他的頭，又說：

「你跟他長得眞像，這麼相像的你不知道是份禮物還是場災難？」

「我長得像誰？」阿提斯問。

魚龍先生意味深長地看了阿提斯一眼：

「你以後會知道的。」魚龍先生並沒有正面回答他，只是繞著他們三個人轉了一圈後便往海中游去。

「再會了，我的朋友，我們後會有期。」魚龍先生的身影漸漸消失在他們眼前，拖著那長長的尾巴搖搖擺擺消失在海中。

他們三個人呆呆地看著魚龍先生的離開，好一會兒保羅才回過神來問其他兩個人：「接下來呢？我們接下來該往哪裡走呢？」

「既然魚龍先生說，我的項鍊可以指引我方向，我們就來問問荷魯斯之眼，看看我們到底該往哪裡走才能找到玫瑰沙漏呢？」

黑鷹捧著胸前的荷魯斯之眼項鍊，真誠地在內心裏詢問著：神聖的荷魯斯，請您指引我們方向、帶領我們找到玫瑰沙漏。

瞬間從荷魯之眼中射出一道光，那道光直射到荒謬森林裡的深處。

「光是指向森林，我想我們應該往那個方向走。」黑鷹說。

「難道會是在森林裡頭？可是這片森林看起來有些可怕，我們真的要進去嗎？會不會有危險啊？」膽小的保羅不停追問。

「走吧！看看荷魯斯之眼會帶我們去哪裡？」阿提斯一把拉起坐在地上的保羅，三個人順著荷魯斯之眼所射出的光往遠方邁進，一步步離開那看起來遼闊的天空與海洋。

面對著無知的未來，你只能選擇相信自己，相信總有一天自己的選擇會引領自身離開囚禁靈魂的窒梏。

第三章　尋找・森

阿提斯、黑鷹和保羅跟著荷魯斯之眼所指示的光芒，走進荒謬森林。

才一走進森林，荷魯斯之眼的光芒就消失了，他們只能憑著記憶中的方向往前走。

原以爲荒謬森林荒謬的地方是植物的形態有所不同，比如說巨大的菌菇、微小的樹木云云，但是自走進來森林之後，裡面的一切都跟他們所見過的森林沒什麼不同。

這裡的樹長得高大又繁盛，茂密的樹冠幾乎將天空及陽光遮蔽，讓整個森林無形中飄散著一份陰郁。

「阿提斯、阿鷹，你們看前面有一隻鹿耶！」保羅驚訝地指著前方。

「噓，小聲點，不要讓它跑走了。」黑鷹拉了拉保羅的手臂提醒他。

保羅聽從黑鷹的提醒，不自覺蹲低身子、小聲地說：

「嗯，好。看著它，肚子也有點餓，也許我們可以把它捉來吃。」

「我們觀察看看，畢竟這裡是荒謬森林，我們還不知道這森林到底那裡荒謬了。」阿提斯跟著他們一起蹲低了身體，躲在叢茂密的姑婆芋後頭，仔細觀察著不遠處的鹿。

那隻鹿的頭上有一對分叉的鹿角，優雅地在林間踏步，寧靜的氛圍像是一幅畫。

忽然間，一隻小山貓出現在視線範圍，經過那頭鹿與他們藏身處之間。

當阿提斯擔心著那頭鹿的安危時，一陣騷動引起他的注意，鹿竟然撒腿追起小山貓，那追逐的姿態彷彿它正在捕獵食物。

鹿應該是草食性動物，應該不會獵食小動物吧？！應該是他們看錯了吧！！

阿提斯、黑鷹和保羅同時舉起手揉了揉眼睛，不敢相信眼前所見的景象。

就在這個瞬間，那頭鹿一口咬住山貓的頸部，使之斷了氣，從它頸部噴出的血液，將鹿的嘴巴染得鮮紅，不斷地向下滴落。

那頭鹿似乎並不在意，叼著山貓的屍體往地上一放，旁邊更多頭鹿圍了上來，毫不猶豫地撕裂山貓分食了起來。

這一幕殘忍且跟現實完全不同的景象，震撼了阿提斯一行人。

震驚的黑鷹吶吶地說：

「保羅，你現在應該不會想要捉那頭鹿來吃了吧？」

「不了。我怕、我怕反而被它吃掉。」保羅感到頭皮發麻，整個人都不太對勁。

阿提斯一個抬頭竟與那頭剛殺了山貓飽食一頓的鹿對上了眼，鹿兒警戒地站了起來，朝他們走了過來。

「阿鷹、保羅，我想我們應該要離開這裡了。」阿提斯邊說邊拉著他們向後緩步撤退，黑鷹和保羅也察覺到那隻鹿似乎發現了他們，跟著阿提斯慢慢地往後退。

所幸那隻鹿可能是因爲剛吃飽，也沒有想要捕獵他們的意願，向前沒走幾步就停下來，只是雙眼直盯著他們。

他們見那隻鹿一停了下來，馬上拔腿就跑，直到再也看不到那頭鹿爲止。

拼了命奔跑的他們，看到路旁有顆巨大的石頭，想也不想便躲到石頭的後面。

「那、那、那、那頭鹿沒有追來吧！」保羅氣喘吁吁地問。

阿提斯探頭看了看：

「沒有，它沒有追來。」

此時，三個人才放下心來。

「呼，眞是太刺激了」黑鷹鬆了口氣。

「何只刺激，簡直就是驚悚！我從來沒有想過鹿竟然會捕殺山貓，而且還是以那麼殘忍的方式，太可怕了！」恐懼仍盤旋在保羅的心中。

「是啊，我也從來沒看過，鹿群竟然會分食山貓的屍體，這實在太荒謬了！」阿提斯回應。

黑鷹聽到他提及荒謬，想了想：

「我想我知道這片森林爲什麼叫做荒謬森林了。」

「爲什麼?」阿提斯想知道好友猜到什麼。

「它的荒謬來自於這裡生物完全不同的習性,與我們所認識的食物鏈完全相反。所以鹿會吃山貓,剛在逃跑的路上,我還瞄到一株小花蔓澤蘭正用它的藤蔓勒死一隻小動物呢!」黑鷹推測。

「什麼!植物也會吃動物!這眞是太可怕了!」保羅嚇得全身發抖。

阿提斯低下頭思考:

「如果照你這麼說,身爲人類的我們在這裡不就算是最低等的動物,將遭到其他動物捕食?」

「喔,不!我還年輕不想就這樣被吃掉!」保羅激動大喊。

黑鷹用力抱住他:

「保羅,冷靜下來,巴特教練、法蘭斯和尼克還等著我們回去救他們呢!」

「我知道,可是,我好怕!好怕再也見不到我媽媽……嗚嗚嗚……。」說著說著保羅竟然趴在黑鷹的肩上大哭了起來。

阿提斯輕撫他的背:

「別哭了,保羅,我們會一起回家的。」

就在這個時候，一群長得像兔子的生物，尋著保羅的哭聲，一蹦一蹦地將他們三個人圍了起來。

阿提斯從旁撿了支粗短的樹枝，警戒地看著牠們：

「保羅，你別哭了，我們遇上麻煩了！」

保羅紅著眼抬起頭看著四周啜泣：

「牠們不就是兔子嗎？有什麼可怕的？」

黑鷹放開了保羅：

「恐怕事情沒那麼簡單，牠們可能是來獵捕我們的。」

「獵捕我們？阿鷹，你別開玩笑了，兔子不是吃草的嗎？怎麼會來吃掉我們？」保羅反問。

「保羅，黑鷹說得恐怕是真的～～。」阿提斯回答。

只見兔子們一步步靠近他們，逼得他們只能往身後的大石頭貼近。

突然，一隻齜牙裂嘴的兔子朝他們跳了過來，想要攻擊保羅。

阿提斯毫不猶豫地一棒打向那隻兔子，把牠打死在地上，這一擊激怒了兔群，所有的兔子都朝阿提斯奔去圍攻他。

黑鷹和保羅連忙撿起身邊的木棍，加入戰鬥的行列。

一陣混戰之後，滿地是兔子的屍體，他們三個人身上也被兔子們啃咬的傷痕累累、全身血淋淋，坐在地上直喘氣。

保羅看了看他們兩個人及自己狼狽的樣子，苦笑：

「我從來沒想過兔子是這麼兇殘的動物，而我自己需要這樣捉兔子。還好，我們贏了，不然，如果傳出去說我們是被一群兔子殺死的，他們一定會覺得我們很沒用。」

黑鷹嘴角揚了揚：

「是啊，還好我們活下來了。」他抬頭看了看天空：

「走吧！天色漸漸暗了，我們得找個地方躲過這個夜晚，明天再繼續走。」

「是啊，我們得找個安全的地方才行。」阿提斯說，保羅點點頭、用木棍撐起自己受傷的身軀，跟著他們一起走。

臨走前，阿提斯撿了地上三隻已經死透的兔子用旁邊的藤蔓綁了綁，扛在肩上。

保羅看到了，有些疑惑地問：

「阿提斯，你在幹嘛？爲什麼要撿這些可怕的死兔子？」

阿提斯笑了笑：

「當晚餐啊！身上的糧食都沒有了，我們總得吃點東西，補充一下體力。」

「說得也是，我的肚子也有點餓了。」保羅表示認同。

「走吧，我們找地方休息吃些東西，今天眞的是夠嗆了。」黑鷹說。

說完，三個人便一起繼續往森林深處走去。

彎彎曲曲的森林只有參天的大樹，連個遮蔽的地方也沒有。

由於，剛剛的經歷讓他們不敢隨意地找片空地或是洞穴休憩，深怕又會遭受到莫名攻擊，因此只能不斷地走著。

終於，在天色暗下來之前，他們找到一座廢棄的碉堡。

「你們看，前面好像有個碉堡。」保羅開心地指著前方。

這座碉堡位在一個十分隱密的地方，要不是因爲保羅剛好站在特定的角度，才能依著光線發現了它。

他們走了過去，小心翼翼地檢查周圍與內部，確定安全以後，才走了進去。

碉堡是用厚重的石材建蓋而成，只有一扇門和一扇窗戶，裡面空蕩蕩地一片，什麼也沒有，而且空間並不大，只夠他們緊貼著休息。

即使是如此，對於逃了一整天的男孩們而言，這碉堡仍如同天堂般，至少可遮風避雨，保護他們免於遭受野獸莫名的攻擊。

他們決定在裡面休息一晚，明天再繼續找尋玫瑰沙漏的下落。

保羅自碉堡鄰近的樹林裡，撿了一些木柴，升起了營火，讓原來冷颼颼的碉堡，因爲火光溫暖不少。

阿提斯在門外忙著收拾那些撿來的兔子，黑鷹則是負責將碉堡內的環境整理清乾淨，讓他們有比較舒適的環境可以休息。

升好火的保羅正打算將斯收拾好的兔子架在火堆上烤來吃，黑鷹突然伸手阻止：

「等等，我想先淨化一下牠們，可能會比較安全。」

「淨化？」保羅疑惑地問。

阿提斯是知道黑鷹有白女巫的背景，因此他連忙將收拾好的兔肉攤平在黑鷹面前。

黑鷹就著眼前的兔肉，集中精神唸起姆姆曾教過的淨化咒語，邊用雙手隔空來回輕撫它們。幾回以後，眼前的兔子開始有了變化，原本面目猙獰的模樣漸漸改變了形態，尖牙利齒回復成為草食動物應有的臼齒，肉的顏色也從詭異的鮮紅褪成了正常的紅。

「果然，這裡是受到黑魔法的影響，這些兔子才會變成我們所不熟悉的模樣。」黑鷹結束了淨化儀式，看著眼前的肉說。

阿提斯和保羅驚訝地看著眼前兔子肉的轉換，阿提斯不由地喃喃地說：

「還好你發現了不對勁，如果我們不知不覺吃下了它們，可能也會變得跟他們一樣，受到黑魔法的影響。」

黑鷹點點頭：

「有可能。」他轉頭對保羅說：

「好了，我們現在可以烤肉了，保羅。」

「所以，你確定它們都是安全可以吃的？」保羅不放心地問。

「吃吧！我已經請天地協助淨化它們，它們也回復了原本的樣貌，所以現在是安全的。」黑鷹邊回答他、邊拿起肉串放在營火上烤，保羅和阿提斯看到了才跟著動手，圍在火堆旁烘烤它們。

阿提斯說：

「事情變得越來越詭異，本來只是來做賽前訓練，想要贏得勝利的，現在這樣，我只想早點救出其他人，平安回家就好。」

「是啊，迷路就算了，還牽涉到黑白魔法，越來越複雜了。」黑鷹皺著眉頭。

「早知道，我就不該答應巴特教練，這下好了，我們還不知道可不可以活著回家呢？」保羅有些憤慨地。

「會的，我們一定會活著回去的。」阿提斯安慰他，雖然他自己也不十分確定，但是他知道如果連自己都喪失信心了，那他們就一定出不去了。

「也不知道爲什麼這片森林會被施以如此魔法？到底是誰這麼做？難道是想要保護什麼？」黑鷹思考著。

「不知道。不過可以確定的是我們得趕快拿到玫瑰沙漏，才能救出教練、法蘭斯和尼克他們。」阿提斯說。

「嗯，也只有這樣了。」黑鷹認同地點了點頭，他默默地起身在碉堡的門上畫上了一個五芒星的魔法陣。

「阿鷹，你在做什麼？」保羅問。

「我在這裡設下了保護我們的結界，這也是我姆姆教我的，應該可以持續整晚保護我們。明早，太陽一升起的時候，我們再出發去尋找玫瑰沙漏。」黑鷹回答。

「謝謝你，黑鷹。等會兒，我們輪流守夜、早點休息。」阿提斯說。

「嗯嗯。」比較放心的保羅同意地點點頭，專心烤起眼前的兔肉。

相較於碉堡內的溫馨、安全，碉堡外的森林仍有著不尋常氛圍在空氣中浮動，當黑夜全然降臨，月亮更完全隱沒在濃厚的雲霧後面。

不一會兒，窗外下起了大雨，斗大的雨滴織成濃厚的簾幕，碉堡內的人們看不清楚外面，自然也看不到碉堡外的樹枝上正站了一隻貓頭鷹守護著他們。

「哇，外面下起是暴雨耶！還好，這裡還可以躲躲雨。」保羅看著窗外驚人的雨勢，慶幸自己的好運。

「是啊，這雨不知道會下到什麼時候？」阿提斯說。

「別擔心，我想明天早上我們要出門的時候，應該就會停了。」黑鷹說。

「希望如此，我先休息了，半夜再起來跟你們交換。」阿提斯隨意地靠在墻邊、閉上眼睛睡著了，剩下黑鷹和保羅一同守夜。

他們坐在火堆前，一邊維持著室內的暖意，一邊閒聊著。

「阿鷹，你怎麼看出來那些兔子身上有魔法的？好厲害喔！」保羅開口問道。

「沒有啦！我想是因爲荷魯斯之眼的關係。姆姆曾經告訴過我，荷魯斯之眼可以讓我看到最眞實的樣子。因此，當我看到那些死掉的兔子時，總覺得似乎有層黑霧纏繞在牠們身上，所以我才會想到要先淨化牠們。你沒有被嚇到吧？」黑鷹回答。

「還好。不過，親眼目睹那些張牙舞爪的兔子變化的模樣，還是有些心驚膽顫。你看，到現在我的雞皮疙瘩都還沒消呢！阿鷹，我好佩服你，懂那麼多東西！不但球打得好，還會魔法，哪像我什麼都不會。我想要不是球隊人數不夠，巴特教練才不會選我進球隊呢！」保羅感到氣餒。

「別這麼說，保羅。你的球打得也不錯啊！你可是我們的最佳助攻手，上次球賽要是沒有你，我們也搶不到進決賽的資格呢！」黑鷹誇讚著他。

「你說，我們被困在這裡，也不知道能不能回去？還有可能趕上比賽嗎？我們好不容易打進決賽的，現在這樣，要怎麼回去~~。」保羅的神情開始有些沮喪。

「應該會吧！保羅，別想那麼多。我們會找到路出去的。」黑鷹安慰著他，同時發現在他的背後似乎有團黑影要伺機纏住保羅。

心急的黑鷹下意識地握住他的手，跟他說：

「保羅，你想想、你記得嗎？那天我們贏得冠軍，回到村子裏時，所有的人都出來街道上，列隊歡迎我們，眞是非常風光呢！記得嗎？記得嗎？」

「是啊！我記得那昂首闊步地走在街上，好像是個英雄一般，眞是太開心了。」保羅抬起頭來，彷彿回到那個榮耀時刻。

此時，原本在他的身後的黑影倏地散去，保羅猛然清醒過來，狐疑地看著他：

「阿鷹，你捉著我幹嘛？」

黑鷹眼見對方神情好轉，不由得鬆了口氣，同時也放開他的手：

「還好，你沒事。」

「剛剛是怎麼了嗎？」保羅問。

「沒什麼，剛剛在你突然陷入沮喪時，似乎有一團黑影想要罩住你，還好你適時想起了遊行時的榮耀開心，黑影才散去。」黑鷹說。

保羅撫了撫胸膛說：「還好，還好。」

「嗯嗯，看來這黑魔法會伺機侵佔身心，我們得特別注意了。不過，既然這樣，我們就來想想，如果我們能夠離開這裡時，最想做的事情是什麼？我最想騎著車在河堤上兜風了，涼爽的風迎面而來，舒服極了。」黑鷹閉上眼睛想像著那幅畫面，臉上帶著微笑，心中感到無比的幸福。

保羅接受他的提議，也跟著一起做：

「我最想躺在我那張柔軟的床上好好睡上一覺。只要一想到我能夠躺在那張媽媽所縫製的床上，我就覺得萬分的舒服，好像躺在雲朵上一般的自由自在，啊～，好舒服呀！」保羅閉上了眼、張開雙臂躺在地上想像著。

此刻，正能量充滿整個空間，門上的五芒星隨之發散出光芒，讓整個空間更舒適了一些。

他們倆個人就這麼聊著聊著，保羅緩緩進入幸福的夢鄉。

黑鷹察覺保羅熟睡，並沒有特別搖醒他，反而一個人坐在火堆旁守夜。

他看著眼前的火光，想起了姆姆慈愛的面容，她無微不至的照顧，總是讓他感受到無限的愛。

有著一對熱愛冒險、考古的父母，對於小孩有時候不是件好事，常會因爲黑鷹的年紀太小而無法跟隨他們四處工作旅行，而多由姆姆在旁陪伴他。

還好，跟姆姆在一起永遠不會無聊，因爲她懂得什麼是生活。

跟在她的身旁，總是可以學到許多有趣的事情，像是怎麼用棕櫚葉編成一件可以擋風避雨的雨衣，或是用各式各樣的種子果實做成獨特的玩具。

還記得那時他之所以會學會淨化咒語，就是因為有次跟姆姆一起去深山裡採集果實，口渴卻又沒有帶水壺的他一直吵著要喝水，姆姆不得已只好教他淨化咒語將溪水淨化飲用。

那是他第一個學的咒語，也是第一次成功使用咒語，到現在他都還記得那口水的甘甜滋味。

之後，陸陸續續雖然學會不少咒語，然而，姆姆卻告誡他不可以隨意在公眾面前施展，也不可以告訴別人，所以，黑鷹從來也不跟其他人提及，直到今天遇到這狀況，不得不使用。

然而，近幾年姆姆的身體狀況越來越不好，尤其是視力退化的問題，黑鷹都很擔心她會跌倒或是撞到，所以，每天訓練一結束就馬上趕回家照顧她。

現在自己被困在這裡回不去，不曉得姆姆會不會擔心，有沒有人照顧眼睛不好的她？黑鷹在心裡面煩惱著。

「別擔心，兄弟。姆姆會自己照顧自己的！況且還有我媽呢！我媽可是姆姆的乾女兒，她絕對不會拋下姆姆不管的。」阿提斯一手搭他的肩安慰著。

阿提斯一醒來就看到黑鷹滿臉擔心的樣子，就知道他一定是在思念姆姆，想也不想就走過去安慰他。

「說的也是。你醒啦！」黑鷹微笑地看著他。

「嗯，睡了一下，終於沒有那麼累了。等我們回去比完賽，我一定要好好睡上一天一夜，還要我媽媽煮上一大桌，大吃大喝一頓，。」阿提斯舉著雙手誇張地比劃。

「你還吃不怕啊？」黑鷹故意嘲笑，一同想起蘿絲瑪莉廳的那一餐。

阿提斯趕緊解釋：

「不是啦，那不一樣啦，你知道我其實沒有那麼愛吃～～。」

「我知道啦，開玩笑的。既然你醒了，就換你守夜吧！噢，對了，剛剛保羅和我發現，黑魔法似乎會趁著人有負面情緒例如難過、沮喪時佔領他的身心，所以，你多想些開心的事吧！同時也可以補充我的魔法陣能量，祂才能繼續保護我們。你知道的，白女巫的魔力來源就是光的能量，而我的能力還不夠，很需要其他人能量補充的。」黑鷹微笑地看著阿提斯。

「我知道。沒問題！換你去睡一下吧！今天消耗了那麼多，好好休息一下，我們還要靠你才能找到玫瑰沙漏。」阿提斯向他保證。

「嗯嗯，那我睡囉！」黑鷹說完，便隨便找了個空地坐下來，閉上眼睛休息。

「嗯，晚安。」阿提斯說。

「吱吱吱、喳喳、吱吱、吱吱……。」「呀～呀～」

門外一陣吵雜的鳥叫聲吵醒了碉堡裡沈睡的三個人。

保羅揉揉眼睛坐起身說：「什麼東西怎麼這麼吵啊！」

「聽起來像是一群麻雀在吵架。」黑鷹邊說著邊往窗戶走過去向外看。

「對不起，我不小心睡著了。阿鷹，你在看什麼？」保羅和阿提斯也湊過去看，不看還好，一看把他們都嚇呆了。

窗外，一群麻雀正在攻擊一隻黑色的鳥，那態勢就像是一群小型的隼在獵食一般。麻雀不斷地啄食黑鳥想要將牠啄死，黑鳥體型雖然大過於麻雀許多，但是仍避免不了麻雀的攻擊，被啄得滿身是傷，羽毛掉落滿地，狼狽不堪，但是仍頑強地想要躲開麻雀的群體攻擊。

黑鷹看了看阿提斯說：

「雖然，我沒有很喜歡那隻黑鳥，但是看到牠被攻擊得那麼慘，還是有些餘心不忍，我們要不要出去救牠啊？」

「救牠？怎麼救？那群麻雀像是發狂般地攻擊牠，弄不好說不定我們也會被攻擊。」保羅顯得十分膽怯。

阿提斯說：

「也許我們可以利用昨晚吃剩的食物，將麻雀引開。而且我們也不能一直躲在這裡，剛好也可以趁機離開，繼續去找玫瑰沙漏，救出教練他們。」

「說得也是，但該怎麼做？」黑鷹思索著。

「不如我先出去，你們掩護我。」阿提斯大膽建議。

「這樣好嗎？」保羅有些遲疑。

「走吧，我們也不能總是留在這裡。」黑鷹深吸一口氣，堅定自己。

「也是。」保羅無奈地點點頭表示同意。

三個人快速地收好手邊的東西，阿提斯輕輕地把門拉開一個縫，手上拿著綁著兔頭的繩子，蹲低身子跑了出去，接著就像是玩弄逗貓棒一般引誘著那群麻雀的注意。

果然，麻雀紛紛被白嫩嫩的兔頭吸引，放棄攻擊那隻黑鳥轉而追著兔頭跑。

阿提斯絲毫不敢大意，揮舞著繩子就往前跑，等到確定所有的麻雀都跟來後，大力將兔頭往遠處一丟，所有的麻雀也吱吱喳喳、飛也似地跟過去。

此時，黑鷹趕緊撿起躺在地上傷痕纍纍的黑鳥，與保羅、阿提斯一起朝反方向跑離碉堡。

等離開碉堡有一段距離後，他們才停下來替懷中受傷的黑鳥包紮。

「那群麻雀真可怕，把好好一隻鳥啄成這樣。」阿提斯看著被啄下翅膀上整片羽毛的鳥兒。

保羅同情地說：

「對啊，真可憐！牠傷的這麼重，我們也不好就這樣丟下牠吧？」

「嗯，只能帶著牠走一段路了。」黑鷹說，他隨手用旁邊的草編成一個小籃子，把鳥兒安置在裡面，阿提斯接過來將它掛在腰間。

「好了，走吧！」阿提斯說。

黑鷹掏出掛在頸上的項鍊，誠心地祈禱荷魯斯之眼的指示。

從荷魯斯之眼所綻放出的光芒，再次為他們指引方向。

順著荷魯斯之眼的光，他們整整走了三天三夜。

在這三天三夜裡，他們遇到許多習性奇怪的動物，吃著草的狼、嚼著樹根的獅子、吸著血的大象，一幕幕荒謬至極的影像在他們面前不斷上演，挑戰著他們既有的認知。

因此，他們所喝的每一滴水和每一份食物，必定會經過咒語的淨化才敢入口，夜裡三個人一定會待在畫有五芒星法陣的空間，並且還輪流守夜，隨時保持警戒。

也因此，阿提斯和保羅熟背淨化的全篇咒語，現在他們可以各自獨立施展這項儀式，這也許是一種另類收穫吧！

直到穿越叢叢森林之後，一座被藤蔓覆蓋的城堡出現在他們面前。

「哇，好雄偉的城堡喔！」保羅讚嘆。

「但是，看起來好像荒蕪很久了。」阿提斯質疑。

「荷魯斯之眼指向城堡裡面，我們得想辦法進去。」

「也不知道有沒有門？這麼荒涼，連城牆都被藤蔓侵蝕了。」

「不知道。但是無論如何，為了教練他們，我們還是得進去。」

黑鷹點點頭表示同意，伸手跟阿提斯要了別在腰間的小籃子，把黑鳥放了出來。

經過這三天的休養，黑鳥幾近全然復原，翅膀上的羽毛都長齊了，在地上跳來跳去的，顯得相當高興。

「這眞是太神奇了，這鳥復原的也太快了。」保羅感嘆。

黑鷹蹲下來，推了推黑鳥：

「走吧！你已經好了，我們要進城堡了，沒辦法再帶著你了。」

黑鳥展開雙翅拍了拍，在他們三個人的頭上飛了一圈彷彿是道謝一般，才向遠方飛去。

阿提斯目送著鳥兒的遠去，低頭對另外兩個人說：

「走吧，我們還有一場硬仗要打。」

黑鷹與保羅無聲地點點頭，只能在心中羨慕鳥兒能夠飛越逃離這一切，現實中的自己僅能隨著阿提斯再度踏上未知的旅程。

三個人徒手從山丘上爬了下來，往城堡的方向走去，越走近才越覺得城堡有多麼龐大，粗如手臂的荊棘蠻橫地長滿城牆，把整座城堡繞了一圈又一圈。

他們繞著城堡走了一圈卻沒有看到任何可以進入堡中的城門。

「這城堡怎麼沒有門啊？」保羅困惑地問。

「應該會有吧，是不是我們剛剛錯過了，再找找吧！」黑鷹說。

說完，他們反方向又繞了城堡一周，城牆和荊棘圍得密密麻麻連個破洞都沒有，更則說是門窗了。

保羅失望地癱坐在地上：

「怎麼辦？根本找不到任何地方可以進去城堡裡。」

「對啊，城牆又那麼高，還有佈滿小刺的藤蔓，想要用爬的也爬不進去。」阿提斯抬頭望著眼前高聳的牆垛。

「怎麼辦？進不去！可是，我們必須要進去才能拿到玫瑰沙漏、回得了家。」黑鷹急道。

「圍得這麼緊實，我想除非是有超能力，才有可能進得去。」保羅感到無力。

「超能力？」阿提斯下意識重複。

「對啊，超能力。不然，如果有哆啦A夢的任意門也可以啦！」保羅開玩笑地說，並和黑鷹相視而笑。

「對了，超能力！保羅，你記得嗎？魚龍先生有給你一把心之鑰，說是可以打開任何東西，也許，我們應該試試。」阿提斯興奮提及。

保羅攤開自己的手掌，看著掌心：「心之鑰啊！」

就在這個時候，他的掌心浮出一個像鑰匙一般的記號且開始發出白色的光芒，保羅舉起手緩緩將發光的掌心貼在城牆上。

說時遲那時快，以他的手掌為中心點，向外延伸出許多條不規則的光線，而在城牆上熔出了一扇門。

保羅輕輕一推，那扇門自動開啓，顯現走進城堡的路徑。

「眞的可以開，門眞的開了耶！太神奇了！」保羅驚嘆道。

「對啊，謝謝你，保羅。」黑鷹誠心道謝。

「走吧！我們進去。」阿提斯拉著保羅和黑鷹一起踏進門內的通道。

待他們進去之後，那扇門自動消失，城牆又回復到原本的樣子，似乎一切都不曾改變過。

第四章　迷惑·蕨

純白色的牆面用無數的金色線條勾勒出耀眼華麗，仍舊無法掩飾整個房間的空蕩。

諾大的空間裡，沒有擺放任何桌椅櫥櫃，只有被裝飾地很富麗堂皇的牆面，而且走了許久，他們竟然沒有看到任何一扇窗戶。

阿提斯、黑鷹和保羅一邊走著一邊覺得困惑，這裡到底是哪裡呢？誰會住在這種地方呢？

當阿提斯正這麼想時，腦海裡同時出現了魚龍先生的身影。

阿提斯驚訝地停住腳步：

「魚龍先生？」

「親愛的阿提斯，你好啊！你看起來好像很訝異的樣子。我說過只要你有疑惑想問我，我就會出現。你爲何還這麼驚訝呢？繼續走、繼續走，請不要讓別人發現我在跟你說話。」魚龍先生說。

「我只是沒想到您是以這種方式出現。」阿提斯在心裏說著，一邊跟隨其他兩個人的腳步。

「你沒想到的事還多著勒！先不管這個，回到你剛剛的問題。嗯，我看看你們現在到哪裡了？」

魚龍先生透過阿提斯的眼睛，看到牆上纏繞的金線後：

「喔，原來你們走到了金絲雀殿。」

「金絲雀殿？」阿提斯感到困惑。

「是的。還記得我跟你們說過那個國王和王后的故事嗎？那位深情的國王當時爲了喜愛植物的王后建造了這座花房。這裡曾經開滿許多美麗的花朵，王后還在這裡養了一隻金絲雀。然而，隨著他們的愛情不在，這座花房也淪爲廢墟。花兒都枯萎了，雜草叢生。經過一段好長的時間以後，黃藤纏繞住整座城堡的外牆，而曾被飼養的金絲雀佔據了整座城堡。」

「金絲雀？小小的金絲雀怎麼可能佔領整座城堡？魚龍先生你是在開玩笑吧！」

「我也希望這是個玩笑，但，不是。這裡還算是在荒謬森林的一部分，這隻金絲雀受到魔法影響，不但體型變得十分巨大，還會攻擊人或是動物。」

「攻擊？」阿提斯疑惑地問，他覺得實在太不可思議了！金絲雀佔領城堡爲王就算了，竟然還會攻擊人！怎麼想都想不出來會有這樣事情發生。

「你別不相信，阿提斯。等你親眼看到牠，你就會知道了。小心牠的攻擊。你們必須穿越牠，才能拿到玫瑰沙漏。祝你們好運！」說完，魚龍先生的身影就消失在阿提斯眼前。

「這實在太怪異了~~」阿提斯喃喃自語。

「阿提斯，你還好嗎？你從剛剛就一直在自言自語的，是怎麼了嗎？」黑鷹關心地問。

「喔！我沒事。剛剛魚龍先生跟我說，要我們小心金絲雀的攻擊。」阿提斯回答。

「金絲雀？他不是在開玩笑吧？金絲雀那麼一小隻，怎麼可能會攻擊人？就算攻擊，我一掌就可以打死牠，怎麼會傷害到我們？」保羅非常不以爲然。

「我也是這麼說，但是魚龍先生提醒我們，這裡還是屬於荒謬森林的一部分。所以，我們還是小心一些比較好。而且魚龍先生說，我們得要穿越牠才能取得玫瑰沙漏。」阿提斯說。

「穿越金絲雀？阿提斯，你越講我越無法理解，這實在太難想像了……。」保羅搔了搔頭。

「反正，我們就小心些，見招拆招了。」黑鷹說，阿提斯認同地點點頭。

他們繼續往前走，小毛蕨、松葉蕨、金絲蕨、烏蕨各式各樣的蕨類植物漸漸出現在腳邊，直到布滿整個地面，讓整個地板像是鋪上翠綠的地毯十分漂亮。

「哇，好香啊！」保羅動了動鼻頭。

「是野薑花！」黑鷹嗅了嗅懸浮在空氣中的香味。

「如果有野薑花，又有這麼多的蕨類植物，水源一定離這邊不遠。」阿提斯依據過往的經驗判斷。

「希望我們可以趕快找到乾淨的水源，我都快渴死了！」保羅抱怨。

黑鷹看了看腰間空空如也的水壺：

「對啊，再不喝水，就糟了。咦～你聽！好像有水聲耶！」

「眞的耶！我們過去看看！」保羅開心往前快步走去。

在撥開叢叢蕨類植物的葉片後，一座美麗的山泉瀑布出現在他們眼前。清澈的泉水不斷從山壁間滲出，順著岩壁的縫隙在下方形成一個小型的瀑布落入水塘，製造出嘩啦的聲響在整個空間裡迴盪，讓人感到無限地清涼。

正當他們想向前取用水塘裡的泉水時，忽然一陣婉轉地笛音響起，一名身著白衣的女子從水塘前的平地緩緩起身，剛睡醒還帶著一點朦朧的她，無意識地隨著樂音擺動著她的身軀，時而妖媚柔軟，時而輕巧旋轉，就像是一隻可愛的鳥兒正在水塘邊清洗牠的羽毛一般。阿提斯、黑鷹與保羅著迷於眼前曼妙的舞姿，停下身軀躲在大片蕨類的葉子後方欣賞眼前奇妙的一切。

經過一番梳洗以後的女子，似乎比較清醒了一些，她抬頭看了看他們藏身的樹叢：

「是誰？是誰在那邊偷看？」

他們趕緊從樹叢後走出來，站在女子的面前，恭敬地彎腰行禮：

「姑娘，不好意思！我是阿提斯、他是黑鷹、這位是保羅。我們不小心迷路了，不是故意要偷看妳的。」

那名女子一看到阿提斯的模樣，驚訝地朝他飛撲而來，一把抱住了他：

「亞瑟、亞瑟，你終於回來了！我等你等了這麼久，你終於肯回來看我了。我好開心啊！亞瑟、亞瑟、我最親愛的亞瑟。」

被抱住的阿提斯對於如此熱情的擁抱，呆愣了一下，尷尬地將胸前的女子稍微推開：

「呃，姑娘，妳是不是搞錯了？我叫阿提斯，不叫亞瑟。」

那女子捧住他的臉，左瞧右看喃喃自語著：

「這是他的眉毛沒錯，這是他的眼睛，他的眼睛是最美麗的寶藍色，還有這鼻子跟亞瑟的一樣堅挺，還有這唇形也跟他的一樣誘人……。你明明就是亞瑟，爲什麼你說不是？喔！我知道了！你改名字了。爲了不讓她發現你，所以改成叫阿提斯了。對嗎？對吧？對吧！」

「呃，不是。我本來就叫做阿提斯，沒有改名……。」阿提斯辯解。

那女子似乎明白了什麼，輕輕撫觸他的臉頰：

「我懂、我懂，雀兒懂的。噓！雀兒不說，雀兒不會告訴別人的，雀兒會幫忙亞瑟保守秘密，雀兒會保護亞瑟不會讓那個女魔頭抓走亞瑟的。」

「不是的。雀兒姑娘，我想妳眞的誤會了。我眞的不是妳口中的亞瑟，我是阿提斯。」阿提斯慌忙解釋。

但是，那名女子似乎還是沈溺在自己的想像中，完全沒有聽到他在說什麼。

保羅拉住黑鷹的手臂低語：

「黑鷹，這女人是不是瘋了？怎麼會一直說阿提斯是亞瑟。」

「瘋了？我沒瘋。你是誰？怎麼可以隨便亂說我瘋了？」女子有些發狂地走到保羅的面前質問他。

阿提斯看情況似乎有些不對，趕緊走到雀兒的面前，將保羅和黑鷹護在身後：「這是我的朋友。對不起，他口無遮攔說錯話了。」

一聽到他們是阿提斯的朋友，那名女子才比較放鬆下來，和藹地說：

「原來是亞瑟的朋友啊！只要是亞瑟的朋友也就是我的朋友。歡迎、歡迎。」

「雀兒姑娘，我真的不是亞瑟，我的名字是阿提斯。」面對女子持續地誤認，阿提斯有些無奈。

那女子一聽，歪著頭想了想，突然恍然大悟：

「喔，對！你現在已經改名了，應該要叫阿提斯，不可以再叫亞瑟。對不起、對不起。亞……。」

「是阿提斯。」他無奈地再次糾正。

那女子有些不好意思地說：「喔，阿提斯。瞧瞧我這記性，才剛說完就忘記了。阿提斯你會原諒我吧！會吧？會吧！」女子親暱地拉拉阿提斯的手臂。

對於女生的撒嬌示好，阿提斯一向沒轍，只能無奈點點頭。

一得到阿提斯的諒解，那姑娘開心地不得了，直繞著他打轉。

阿提斯拉住她：「好了，可不可以請妳別轉了，轉得我頭都暈了。」

姑娘停下腳步，興奮不已：「好好好，我不轉，我不轉。阿提斯，你去哪裏了？為什麼這麼久沒來看我？」

阿提斯看著她：「雀兒姑娘，對不起。在回答妳的問題之前，我可不可以先喝口水？我口好渴。」

「啊啊，我都忘了！你剛回來，一定又餓又累的。來，你先在這裡喝點水、梳洗一下，我去幫你準備一些食物跟休息的地方。每次亞瑟一回家就會先洗澡的，我怎麼又忘了！」雀兒姑娘拉著阿提斯來到水塘邊，自己則是匆匆忙忙離開他們跑到樹叢中。

他們趁這個空檔對著水塘施予淨化的咒語後，拿出水壺到水塘裡裝水喝，並且還掬了一瓢清水稍微清洗一下臉面與手腳。

「啊！好舒服，這水真清涼又甘甜！」黑鷹邊享用著邊說。

「對啊，為了喝這杯水，我們可受了不少苦呢！」阿提斯感到有些哀怨。

「是啊，尤其是你，兄弟。」黑鷹推推阿提斯揶揄他。

「說實在的，你到底是有多像那個名叫亞瑟的人，爲什麼這位雀兒小姐如此堅決地認爲你就是亞瑟？」保羅開玩笑地說。

阿提斯無奈地聳聳肩：

「你問我，我問誰啊？我跟你一樣從沒見過這位叫做亞瑟的仁兄，根本連聽都沒聽過……。」

「也是。」黑鷹同情地拍拍他的肩膀，畢竟被人如此錯認，並不是件好受的事。

接著黑鷹又說：

「不過，看起來這位亞瑟似乎是雀兒姑娘的情人，她還是很愛他的，即使他這麼久都沒有回來看雀兒姑娘。而且，我們也沒有遇到魚龍先生說的那隻會攻擊人的金絲雀。」

當黑鷹才說完，那位姑娘突然出現在他們面前，嘣嘣嘣地跑到阿提斯的面前：

「亞瑟、亞瑟，喔不，我應該叫你阿提斯，可是我好想叫你亞瑟。可以嗎？亞瑟？你放心那女魔頭不會聽到的，你躲在這裡很安全的，雀兒一定會用生命守護你的。可以嗎？可以嗎？」姑娘不斷地問著。

面對這個問題，阿提斯不知道該如何回應她，只能默不出聲地看著眼前雀躍不已的姑娘。

雀兒看他沒有說話，歡快地說：

「你沒有反對，那我就叫你亞瑟囉！」

接著，她高興地拉著他的手往前走：

「亞瑟，亞瑟。你看起來很疲憊的樣子，要不要先睡一下？雖然你這麼久沒有回來，但是我一直都有好好整理打掃你的房間喔！來，你看！是不是很舒適？是不是？」

雀兒帶他穿過泉水旁茂密的蕨類植物，在濃密的樹叢後面出現一片看起來十分舒適的空間。用羊毛手工製成的毛毯鋪滿整個地板，上面還隨意擺放著許多不同顏色的抱枕，營造出溫暖、舒適的氛圍。

房間的正中央擺放著一張大床，四周還用漂亮地簾幕將床位與整個空間劃分開來，讓人一看就很想躺上去好好睡上一覺。

阿提斯環顧了一下整個環境，當他的視線回到身旁雀兒姑娘的臉上時，只見她兩隻眼睛張得大大地看著他，似乎期待著他的讚賞，那可愛的模樣，令阿提斯忍不住伸手揉揉她額前的瀏海。

彷彿受到鼓舞一般的雀兒姑娘更加開心了，她將阿提斯拉到床旁邊，讓他坐在床旁，還幫他脫下鞋子，要他躺上床並且幫他蓋上被子：

「親愛的亞瑟，你先在這裡睡一會兒，這裡很安全的，你想睡多久都沒有關係，我會很安靜，不會吵你的……。」

「可……可……可是，我的朋友們怎麼辦？」被服侍很周到的阿提斯有些堂皇。

雀兒有些不耐煩地揮揮手：

「這裡這麼大，他們不會自己找地方嗎？」

從剛剛就一直跟在後面的黑鷹連忙接話：

「阿提斯，別擔心我們，我們會自己找地方的。」

「就是說嘛！亞瑟閉上眼睛，快睡！」雀兒催促著躺在床上的他。

阿提斯被催得沒辦法，只好先閉上眼睛。

雀兒看到他閉上眼睛以後，才躡手躡腳地離開房間，留下他們三個人在這個空間裡。

保羅看雀兒姑娘離開視線後，才偷偷地喚著：

「阿提斯、阿提斯……」

但是，躺在床上的阿提斯並沒有任何反應。

保羅湊過去黑鷹的身旁：

「看起來，他真的睡著了。那我們現在該怎麼辦？」

黑鷹觀察了一下四周：

「我剛透過荷魯斯之眼查看了一下這裡，沒有什麼奇怪的地方，看起來這裡真的還滿安全的，不如我們也休息一下好了。來，我們坐在這裡，這個抱枕給你。」

「這樣好嗎？」保羅有些遲疑。

「睡吧，睡吧，阿提斯都睡著了。」在黑鷹的勸說之下，保羅漸漸放下戒心，跟著他們一起休息。

當阿提斯再次張開眼時，透過窗戶向外望去，太陽已經落下，黑夜早已降臨大地。他從床上坐起身，看到黑鷹與保羅正舒服地躺在一旁的地毯上呼呼大睡，他微微笑也沒有吵醒他們，反而輕手輕腳地走出房間。

當他穿過樹叢來到泉水旁邊時，看到雀兒姑娘一個人站在水塘旁邊望著天空，整個人看起來孤單又寂寥，充滿感傷。

阿提斯輕聲開口喚道：

「雀兒姑娘？」

雀兒聽到他的呼喚，連忙轉頭對他說：

「亞瑟，你終於醒啦！雖然雀兒很想跟你說話，但是雀兒都沒有去吵你喔！雀兒是不是很乖？喔，對了，你有沒有睡飽？餓不餓？要不要吃些東西？」

阿提斯走到她的面前搖搖頭：

「謝謝妳，我還不餓。妳在看什麼？」

阿提斯抬頭望向天空，想要知道天空有什麼值得她剛剛如此傻傻地呆望著？

可是，那兒什麼都沒有，只有無數的星星在夜空中閃爍。

「沒想到，這裡的星星是如此燦爛美麗，就像外面一樣。」阿提斯讚嘆著。

聽到他這麼說，雀兒低聲地訴說：

「亞瑟，你記得嗎？以前，我們常常一起站在夜空下，我最喜歡聽你數著這些星星的名字，說著這些星星的故事，我都還記得你說過的每一字、每一句，那是我今生最甜蜜的時光。直到你一聲不響地離開，我竟然連一句道別都來不及對你說。我心裡一直覺得好遺憾。我好想你，眞的好想你。你知道嗎？你不在的這段日子裡，都是這片星空陪伴我渡過漫漫長夜，那一顆顆星辰都寄放著我對你滿滿的思念。如今，看到你回來，我好開心啊。亞瑟，你不要再離開我，好嗎？我怕我承受不住再次失去你的傷痛。」雀兒轉過身來注視著阿提斯的雙眼。

阿提斯面對雀兒突如其來的深情，又看到她臉上難以抑制的難過與痛苦，忽然有些動容，然而，對於雀兒的問題，他卻無法開口給予任何承諾或是回答，因爲他知道他畢竟不是亞瑟，而且終究一定會離開。

因此，他只能無聲地摟了摟她，一個屬於友情的擁抱，安慰她的憂傷。

兩個來自不同時空的靈魂，靜靜聆聽彼此的心跳，那刻畫在靈魂上血淋淋的傷口，在此刻漸漸獲得療癒與平復。

接下來的日子，在雀兒姑娘熱情地招呼之下，他們只能留下來在水塘旁住下，一邊暗自找機會搜尋著通往玫瑰沙漏的路徑。

經過一段時日後，黑鷹發現阿提斯待在雀兒姑娘身邊的時間越來越長，常常是只有黑鷹與保羅在城堡裡四處尋找路徑，阿提斯則陪伴著雀兒姑娘。

他會幫雀兒姑娘修剪城堡裡的花花草草、採集晚餐用的漿果，甚至是修理掉下來的床簾。剛開始，阿提斯是推說總要有人拖住雀兒姑娘，掩護他們去尋找隱藏路徑的行爲，但後來，他們兩個人之間的互動卻越來越像一對情侶。

原本，黑鷹對於他們的戀愛是樂觀其成，心想，如果他的兄弟可以因此找到他人生的幸福，不失爲一件好事，所以，他並沒有向前阻止或是多說什麼。

直到有一天，阿提斯竟然穿起中古世紀領主的衣服，神彩奕奕地來到他們兩個人面前炫耀：

「黑鷹，你看！我穿起來很帥吧？雀兒說我穿起來非常瀟灑帥氣，簡直就是爲我量身訂做的。」

「阿提斯，這套衣服哪兒來的？你怎麼會有這套衣服？」

「喔，請你叫我亞瑟。雀兒都是這麼叫我的。我是亞瑟。」

「不是啊！你是阿提斯！從你穿尿布的時候，我就認識你了，你就叫阿提斯！我們天天相處在一起，什麼時候改名叫做亞瑟了？」保羅激動地跳腳。

「是啊！你是我們的隊長阿提斯．菲比，你不是亞瑟。」黑鷹冷靜地陳述。

「可是，雀兒都叫我亞瑟，她說我是亞瑟，她最愛的亞瑟。為什麼你們要叫我阿提斯？阿提斯是誰？」此時的阿提斯顯得有些困惑。

保羅扶住他的雙肩，搖晃著他：

「兄弟，你是阿提斯，我們球隊有史以來最年輕的隊長—阿提斯．菲比，我們要一起拿到玫瑰沙漏救回巴特教練、法蘭斯跟尼克，才能去參加比賽啊！你忘了嗎？」

阿提斯聽了跌坐在地上，低頭看著自己的雙手：

「是嗎？我是阿提斯．菲比嗎？不是亞瑟？雀兒說我是亞瑟啊？」

黑鷹察覺情況似乎有些不太對勁，伸手握住胸前的荷魯斯之眼：

「敬愛的荷魯斯，我，黑鷹，衷心請求您的協助。請您以您神聖的力量，讓虛幻的世界呈現原有的眞實樣貌，引領迷途的人們找回自我，讓迷失的靈魂回歸中心，穿透迷霧讓眞實的自我顯現。神聖的荷魯斯，我誠心祈求您的眷顧，祈求您的幫助。」

剎那間，狂風捲起他們身邊所有事物，像是龍捲風一般將他們三個人包圍其中，從項鍊中出現一道光芒射向阿提斯的眉心，站在中心點的黑鷹大聲地朝著阿提斯喊：

「你！告訴我，你是誰？」

阿提斯像是突然醒過來了一般，大聲回應：

「我，阿提斯・菲比，我是個勇敢、負責任的男人。」

當他大聲喊出這一句時，所有的一切在此刻靜止下來。

舒適的毛毯、柔軟的抱枕甚至是華麗的房間都消失不見，只剩下滿地翠綠的蕨類植物和純白的牆面上畫著象徵奢華的金線。

清醒的阿提斯低頭看了看身上穿的衣飾，困惑地問：

「我？我是怎麼了？為什麼會穿成這樣呢？這麼奇怪的衣服！」

「我們其實也不知道為什麼？不過，我很高興你回來了，我的兄弟。」保羅說，黑鷹也微笑地看著阿提斯。

阿提斯抬頭看看兩位摯友微笑的樣子：「你們為什麼那樣看著我？好詭異，好像我做了什麼事情？啊，一定是因為我身上這可笑的衣服吧！我要先將身上這件衣服換下來再說。」他邊說，邊脫著身上的衣物，並且將衣服隨意地丟在地上。

保羅看了看四周：

「你看，毛毯、抱枕、床鋪跟紗簾都不見了，那溫馨、好睡的臥室果然是個荒謬的存在。不過，黑鷹，剛剛阿提斯為什麼會變成那樣？一直說自己是亞瑟，好詭異。」

黑鷹回：

「我也不是很清楚。有可能是雀兒姑娘對他下了催眠令，讓他誤以爲自己是亞瑟。阿提斯，你回想看看，平常雀兒姑娘有沒有對你做什麼特別的事情？」

阿提斯歪著頭回想著：

「嗯？特別的事？也沒有什麼特別的啊？我每天只是陪著她澆澆花、修剪樹木，沒有什麼特別的。不過，其中一種花的花香特別好聞，我很喜歡。所以，雀兒姑娘每天都會特別剪下一朵送給我。」

黑鷹低下頭沈思著：

「看來，可能跟那朵花脫離不了關係。我們之後還是要小心一點才行。」

保羅認同地點點頭：

「說的是。我們也該出發離開這裡，去尋找玫瑰沙漏了。不然再拖下去，巴特教練、法蘭斯與尼克其中一個人可能會被淹死。」

「亞瑟，你爲什麼要把我給你穿的衣服脫掉？你穿起來很好看啊！」雀兒姑娘忽然出現在他們的面前，帶著溫柔的表情詢問。

「亞瑟？我不是亞瑟，我的名字是阿提斯．菲比！爲什麼妳要一直要叫我亞瑟？」阿提斯回答。

雀兒有些驚訝地聽到他的回答，她深吸了一口氣彷彿在忍耐什麼：

「好吧，阿提斯，你在做什麼？爲什麼把我特別做給你的衣服，隨意地丟在地上呢？你知道我花了多少心血在這衣服上嗎？」

「喔，對不起。」阿提斯連忙撿起地上的衣物，遞給雀兒姑娘：「我想這衣服應該不是我的，對不起，還給妳。」

「還給我？」雀兒姑娘訥訥地接過阿提斯遞來的衣服。

阿提斯接著說：

「對了，另外，謝謝妳這段時間的照顧，讓我們獲得充分地休息。我想我們應該要離開了，繼續去尋找玫瑰沙漏救出我們的朋友們……。」

他們三個人還恭敬地一起向雀兒姑娘鞠躬行禮，表示謝意。

「離開？你又要離開？你不是說你不會再離開我嗎？爲什麼你現在又說要離開？不行，我不準、我不準、我不準……。」雀兒姑娘像是發了瘋一般尖叫。

整個人暴怒撕吼著，那聲量讓整個城堡也隨之顫動，兩旁純白的牆面因而開始一塊塊剝落，還差點打到阿提斯他們，而那些金色的線條竟然變成堅固的鋼條，將他們團團圍住。

「你！一定是你！一定是你對亞瑟做了什麼！不然，他不會突然說要離開我。我好不容易要他忘了自己成爲我的亞瑟，留在我身邊，但是卻被你破壞了！我要殺了你！殺了你！」她狂怒地指著黑鷹。

雀兒姑娘瞬間幻化成一隻巨型的金絲雀，不斷從牠的口中朝著黑鷹噴射出火球，阿提斯與保羅只能不斷拉著黑鷹躲避，狼狽的三個人只能四處奔逃，躲避火球灼熱地襲擊。

此時，他們才突然醒悟，原來雀兒姑娘就是魚龍先生口中恐怖的金絲雀。

但是，整個城堡只有那麼大，光金絲雀本身幾乎就佔據了整個空間的一半大，更別說周圍因爲火球撞擊的原因不斷掉落下來的牆面碎石，而牆外又被堅硬的鋼條與佈滿微刺的黃藤緊緊纏繞著，阿提斯、黑鷹和保羅根本沒有空間可以逃命。

「黑鷹，現在怎麼辦？」保羅邊奔跑著邊問。

「怎麼辦？我也不知道該怎麼辦啊！」黑鷹跟在他的身後一邊低頭躲開火球的攻擊，一邊回答。

「不管，先想辦法逃出去再說！」阿提斯邊跑邊說。

「先生，我也知道要逃出去。重點是要怎麼逃啊？小心，黑鷹！」保羅突然看到有一顆火球快速地朝著黑鷹迎面而來，即將擊中黑鷹。

他下意識地用他的雙手擋在黑鷹身前，想要替他抵擋火球猛烈地攻擊。

沒想到，當那火球觸碰到他的雙手那個霎那，保羅不但沒有預期中的疼痛感，反而產生劇烈且強大的光芒，神奇地在火球中出現了一條一次可以一個人穿過的通道。

「阿提斯、黑鷹你們看！」保羅叫著。

阿提斯跟黑鷹也看到了這奇幻的通道，阿提斯拉著兩位朋友就往裡面闖：

「走，至少先避一避！」

黑鷹與保羅也就隨著他一起進入道那光之甬道中。

當他們的身影隱沒在光裡後，那團火球也跟著消失在空氣中。

由鋼條與藤蔓形成的城堡鳥籠隨之消失不見，一堆堆碎石同時幻滅。

從旁邊長滿蕨類植物的地面，跳出一隻嬌小可愛的金絲雀，揚起頭叫了兩聲、拍拍翅膀朝天空飛去。

一切歸於平靜，回到原有的純樸，彷彿一切都沒有發生過。

第五章　探索・漠

只顧著狂奔逃命的阿提斯、黑鷹與保羅，奮力地向前跑絲毫不敢停歇，因此，也完全沒有注意到他們到底逃到那裡去，直到保羅一個踉蹌整個人撲倒在鬆軟的地面上。

「啊～～」

黑鷹聽到叫聲，趕緊轉過頭保羅已經趴在地面上了，他趕緊伸手將他扶起：「保羅，你還好嗎？」

因為跌倒而吃了滿嘴沙的保羅，借著黑鷹的手臂爬了起來：

「呸呸呸，這是什麼鬼東西！」

阿提斯在旁邊看到保羅那整頭都是沙的蠢樣，覺得那模樣實在太好笑了，忍不住地說：

「保羅，你是太餓了嗎？連沙子都要吃！好吃嗎？」

「去你的，阿提斯！不過，這沙子也太硬、太難吃了！」保羅邊吐掉口中的砂礫。

「你還眞吃啊？」黑鷹驚訝地看著他。

「都已經跑到我嘴裡了，不然怎麼辦！」保羅兩手一攤，滿臉無奈。

三個人相互看了彼此狼狽不堪的樣子，相視而笑，癱坐在地。

「呼！嚇死我了！還好，我們逃出來了。」在確認周圍是安全的以後，保羅大嘆一口氣。

「是啊！謝謝你，保羅。要不是你，我可能早就死在那金絲雀的火焰下了。」黑鷹內心充滿感激。

「別客氣，你可是我兄弟呢！何況，要不是因爲救你，我們也沒辦法找到這條逃命的通道。」

「對啊，不過，這到底是怎麼回事？怎麼突然間會出現這條通道呢？」阿提斯問。

「我想，可能是保羅在幫我抵擋攻擊時，他掌中的心之鑰意外開啓了這個空間，可是這裡又是哪裡呢？」黑鷹問。

阿提斯抬頭仔細觀察著四周，遼闊的天空、白地發亮的細沙，間隔著枝條張揚的枯樹，一切的景象都顯示著這裡是座沙漠。

「這裡看起來像是座沙漠，只是是哪座沙漠呢？」阿提斯回。

「親愛的阿提斯。」受到召喚的魚龍先生又出現在阿提斯的腦海裡，開心地說：

「恭喜你們成功穿越了金絲雀的攻擊，離開了荒謬森林，來到月漠。荒謬森林之所以有那麼多不合理的事情發生，是因爲在森林裡的生命都受到暗黑魔法的引誘，忘記了自己，所以，你們在那裡才會看到那麼多荒唐、不可思議的事情。唯有真正知道自己是誰的人，才有辦法離開。阿提斯，看來你不但找到你是誰，也知道你長得像誰了。」

「是啊，一個名叫亞瑟的人。但是，他又是誰呢？」阿提斯好奇詢問。

「還記得我曾經告訴過你們那個國王與王后的故事嗎？亞瑟就是那位國王的名字，而雀兒姑娘就是那隻被圈養的金絲雀。在王后意外過世後，總是無法忘記自己愛人的國王，常以親自餵養這隻金絲雀來懷念王后在世時的一切，養著養著這隻金絲雀竟然也愛上了國王。可惜，國王從來沒有發現她的心意，只是單純地將牠看作他和王后的寵物。因此，當雀兒發現和國王外貌如此相似的你時，才會忍不住想要迷惑你，將你強留在她的身邊，成全她苦情的單戀。」

「原來是這樣啊！」阿提斯恍然大悟。

「還好，你的好友黑鷹召來白魔法，在最後一刻喚醒了你，讓你徹底想起你是誰。你們三個人可真是缺一不可啊！」魚龍先生稱讚著。

阿提斯看看兩位摯友說：

「是啊！我們是密不可分的團隊。」

「好好珍惜你們之間深厚的友情。這是月漠。在這裡是由最純淨的光守護著，所以，你們不用擔心你們的安危，只要好好看照你們的心。心會帶領你們到你們想要去的地方。你們離玫瑰沙漏越來越近了，記住，只有認清自己真正的價值，才能發揮最大的能量度過難關。祝你們好運，孩子們！」說完之後，魚龍先生就消失了。

「阿提斯、阿提斯。」

阿提斯突然聽到黑鷹的叫喚，回過神來，回應：「黑鷹，怎麼了？」

「你才怎麼了呢？剛剛突然間兩眼發直，怎麼叫都不回答我們，害我們擔心了一下。」保羅有些埋怨。

「喔，對不起。剛剛魚龍先生出現在我腦海裡，跟我說一些事情，所以才沒有注意到你們的叫喚。」阿提斯眞心道歉。

「原來如此。魚龍先生有說什麼嗎？」黑鷹問。

「他說我們已經脫離了荒謬森林，而且離玫瑰沙漏不遠了。」阿提斯說。

「太好了！那我們趕快走吧！早點拿到那沙漏，早點救出教練他們並且回家。我眞是受夠了！」保羅興奮地拉起他們兩個人催促著大夥兒向前移動。

「等等，讓我問問荷魯斯之眼，我們該往那裡走？敬愛的荷魯斯，請您以您神聖的力量指示我們眞實的方向。」黑鷹誠心地祈禱著，然而，荷魯斯之眼一動也不動，沒有任何的光芒出現。

黑鷹以爲是自己不夠虔誠，因此，深深吸了幾口氣靜下心來，又再祈求了一次，但是，荷魯斯之眼仍然沒有任何反應，平靜地躺在黑鷹的手上。

「怎麼會這樣？荷魯斯之眼怎麼失效了，這下子，我們該往哪裡走啊？」保羅顯得有些手足無措。

黑鷹困惑地看著掌心中握著的項鍊，他不知道爲什麼它不再發出光芒指示他們方向。

阿提斯想起剛剛聽到訊息，對好友們說：

「魚龍先生說這裡是由最純淨的光所守護的月漠，也許是荷魯斯之眼所發出的光線跟這環境中的光太過相似了，我們根本分別不出來，才會覺得荷魯斯之眼不再發光。」

「也許是這樣吧！可是，我們現在該怎麼辦呢？該往那裡走？」黑鷹說。

「魚龍先生說我們要跟隨心走，不如就往那裡走吧！」阿提斯隨手指了個方向。

「好吧！也只能這樣了。」保羅起身拍拍身上的沙塵，拉起黑鷹一起往阿提斯指的方向移動。

然而，要在沙堆上行走是一件萬分困難的事。

鬆軟的沙地缺乏施力的點，往前踩的任何一步，腳都會跟著陷下去，每每都要花費極大的力氣才能把陷下去的腳拔出來後才能繼續向前。

因此，他們整體移動地非常緩慢。

「天阿！再這樣走下去，我們要走到何時才能走到前面那棵枯樹啊！」

自一開始就不斷跌倒至少十多次的保羅，忍不住抱怨，其他人也沒有比較好，瞧！阿提斯才剛剛將把右腳從沙堆中拔出來，左腳又跟著陷下去了。

好心的黑鷹一邊跟沙堆拔河著，一邊幫大家打氣：

「兄弟，再撐一下！再撐一下！我們就快到了！」

就在他們與沙堆奮戰的時候，從遠方突然傳來陣陣鈴聲，噠啷！噠啷！

「你們聽！那是什麼聲音？」保羅有些激動。

「聽起來像是駝鈴的聲音。」阿提斯歪著頭，聆聽猜測著。

「不知道來的人是誰？會是好人還是壞人？」聽到黑鷹這麼說，保羅和阿提斯馬上警戒起來，專注地看著前方。

一隻花豹緩緩從遠方走來，柔軟的沙似乎對牠沒有造成任何影響，仍然優雅地向他們走來。待牠漸漸靠近，他們才看清楚，花豹的頸子上掛著一串鈴鐺，他們剛剛聽到鈴聲應該就是從這兒來，而牠的身上正駝著一名威武的男子。

那男子開口威嚇：

「你們是誰？怎麼闖進月漠的？」

阿提斯朝對方行了個禮：

「先生您好！我們正在尋找玫瑰沙漏去救我們的朋友，一個不小心來到這裡。請問你知道玫瑰沙漏在哪裡嗎？」

男子聽到他的解釋，臉色稍微比較緩和，歪著頭思考：

「玫瑰沙漏？我不知道你說的玫瑰沙漏是什麼……。」

「那，請問離這邊最近的城鎮該怎麼走呢？」保羅問，他想鎮上的人比較多，也許到了鎮上可以問問其他人。

聽到保羅的問題後，男子顯得興奮：

「喔！你們要去鎮上啊！鎮上我知道該怎麼走，你們等我回家拿一下東西，我再帶你們去。」說完便轉身離開，面面相覷的三個人只能硬著頭皮跟上。

花豹男子領著他們，在沙地上留下一個個大腳印。

阿提斯他們後來發現如果踏在花豹留下的腳印上行走，會比較容易，二話不說便尾隨著花豹與男人前進。

花豹先來到一棵枯樹面前，便低下身讓身上的男子下來後，自己則是走到枯樹旁趴坐下來休息，這時候阿提斯他們才發現原來在枯樹的旁邊搭有一座小小的帳篷。

也許，是因為帳篷外觀的顏色跟後方的沙堆太過相似，所以，在遠方的他們根本沒有辦法發現這個帳篷的存在。

男子轉過身開口說：

「你們在這邊休息一下，我拿一些東西以後，就出發。」

「好的。」阿提斯回應了男子後，三個人便找一個離花豹有點距離的空地坐了下來。

一會兒，男子從帳篷裡鑽出來，正好看到阿提斯他們對於花豹害怕的樣子，感到有些好笑：

「你們別擔心，小花很溫和的，牠不會傷害人。」

「小花？」保羅有些訝異地問。

男子聽到保羅的問題，突然想到：

「對啊！喔，我忘記介紹我叫做雷，這頭花豹叫做小花是我的寵物也是我的坐騎。」

「雷，你好！我是阿提斯，這是黑鷹和保羅。」

阿提斯向他介紹著，心裡想一隻威風凜凜的花豹被叫做小花，也太可愛了吧！跟牠的外表完全搭不上邊，極有反差的趣味。

黑鷹羨慕地看著他說：

「雷，你好厲害喔！竟然可以有花豹當坐騎，眞威風！」

「威風？還好吧！在這裡，這是很平常的事情。」雷一邊說著，一邊在他們面前打開枯樹的樹皮，樹皮裡面竟然塞滿各式各樣的乾糧、麵包，彷彿是一個糧食儲藏櫃一般。

阿提斯、黑鷹和保羅看到這一幕，驚訝萬分忍不住張大了嘴，他們從來沒有想過外表看似乾枯的枯木竟然是儲藏糧食的地方。

不過，在這乾燥而荒涼的地方，這種儲存方式不失爲一個好方法。

「這是食物儲藏櫃？好特別啊！」阿提斯忍不住開口。

雷一邊回答他，一邊動手將許多麵包、食物拿出來塞進他的背包裡：

「對啊！我們都把食物放在這裡。這外表看起來雖然像枯樹，其實它是我們的糧食儲藏櫃，只要肚子餓，打開枯樹皮就可以找到吃的。所以，我從來不擔心會餓肚子。」

聽到雷這麼說，黑鷹望向遠方，此時再看到在沙漠中那一棵棵乾枯的樹木，知道那是糧食儲存的地方，心情上不會覺得它們荒涼，也比較不害怕了。

「眞好！這樣就不會有人來爭搶食物，想吃多少就有多少。像我在家吃飯，都要跟我弟弟們搶奪桌上的食物，不然會吃不飽。」保羅欣羨地望著。

「搶奪食物？你們那邊很缺乏糧食嗎？」雷聽到保羅這麼說有些擔心地問。

保羅有些不好意思：

「也不是啦！那是一種遊戲、嗯、增加手足情感的遊戲。嘻嘻～。」

雷聽了以後，放心地微笑點點頭，又繼續打包他的行李。

在裝好背包，雷看了看他們三個人的穿著後，突然又鑽進帳篷裡不知道在翻找什麼東西。

保羅小聲地問阿提斯和黑鷹：

「你們猜，他這次又會變出什麼？」

他們兩個人都搖搖頭，這裡的一切都超乎想像，眞的很難猜到。

不一會兒，雷鑽了出來，手上拿著三雙草鞋和披風，對他們說：

「來，穿上這個，等一下走在沙上會比較好走。披風是給你們路上擋風沙用的，這裡有時候風還蠻大的。」

「謝謝你，雷。」阿提斯接過草鞋和披風，將它分別遞給黑鷹和保羅，他們聽話地將草鞋穿上，並將披風搭在背上。

穿上後草鞋的保羅，試著在沙地上踩了踩。

「眞的比較好走耶！」他高興地說。

雷見他們都穿戴好了，轉身背上行李，對花豹揮了揮手喊著：

「小花，我們走囉！」

花豹聽到他的叫喚，慢慢起身慵懶地走到他的面前蹲低了身子，讓雷跨坐上去，而阿提斯、黑鷹和保羅則是走在他們的身後，朝鎮上出發。

走了一段路以後，雷從花豹的身上下來，讓花豹跟在他們身旁，而自己則走在阿提斯的身邊。

阿提斯開口問：

「雷，請問從這裡到鎮上要走多久呢？」

雷側著頭想了想說：

「我也不確定。我已經很久沒有去鎮上，記不太清楚了，大概要走個三、四天吧！」

「哇！這麼遠啊～～」保羅驚歎。

「別擔心，小花知道路，小花會帶我們走。」雷拍了拍花豹，花豹也示好地蹭了蹭他的手撒嬌。

看著那麼大一隻花豹像貓一樣溫馴可人，實在是件怪異的事，要不是魚龍先生說他們已經離開荒謬森林了，黑鷹會覺得他們還在森林裡。

「謝謝你，雷。要不是你，我們可能就迷失在這廣大的月漠中了。」阿提斯誠心地跟他道謝。

雷咧嘴一笑說：

「別客氣，大家有緣相遇就要互相幫忙。況且，我也好久沒有去鎮上了，因爲你們來，我才有機會去。」

「雷，你是一個人住在沙漠裡嗎？」保羅好奇地問。

雷搖搖頭說：

「不是，還有小花啊！小花跟我一起住在沙漠裡。在我們這裡，不管男女只要是成年了，都要搬到沙漠裡去住，直到結婚才能搬回鎮上，我的家人們都還住在鎮上。」

「好特別的習俗啊！可是，沙漠這麼大，你們又住得這麼分散，要怎麼遇到另外一半啊？」

黑鷹問。

雷揚了揚嘴角說：

「那就要看上天的造化啦！如果是命中注定的那個人，不論離得多遠，終究都會遇見。所以，我們一點也不擔心。」

「哇！眞浪漫！」黑鷹感嘆著，對於這裡又多了一份認識。

也許是走久了，他們也漸漸抓到行走在沙堆上的訣竅，黑鷹開始有餘力可以多多觀察眼前這片沙漠。

這座沙漠跟電視上看到的沙漠沒什麼太大不同，一樣乾燥與炙熱，時不時還會有狂風捲起沙塵暴向他們襲擊而來。

還好，因爲有雷給的披風，他們可以躲在披風下等待沙塵暴過去之後，再繼續他們的行程。

若眞要說有什麼特殊的地方，那就是沙漠裡那一棵棵距離很遠的枯樹吧！

那些枯樹可以說是糧食補充站，有些是專門提供糧食的，有些竟然是提供水或是飲料，供他們解渴的。

枯樹中擺放的食物極爲豐盛，而且聽雷哥說如果沒有了，樹會自己再長出來，所以完全不用擔心吃不飽。

因此，在月漠裡，基本上只要順著枯樹走就不會餓死或是渴死，眞是件非常神奇的事。

雷之所以背那麼多在身上，單純只是因爲他跟小花會嘴饞想吃，並不是怕路上會缺乏糧食。就像現在，剛經歷一場沙塵暴的他們，正停留在兩棵枯樹下休息。

這裡是沙漠裡少數同時有補給食物與飲水的樹，雷隨手丟了根雞腿給小花，讓牠在樹下盡情享用，小花也在一旁啃得十分開心。

雷看了看遠方呈現粉紅色的天際：

「天色漸漸晚了，我們今晚就在這裡扎營吧！」

他們三個人聽到後，也同意地點點頭，開始佈置起今晚休憩的營地。

黑鷹從懷中拿出以乾燥的薰衣草紮成的草棍，以所有人爲中心，在地上畫出一個大大的五芒星法陣，將所有人保護在其中。

雷看到了黑鷹的行爲，驚呼：

「你怎麼會五芒星法陣？是誰教你的？」

「是我的姆姆。我姆姆是白女巫。她在我小的時候教會我用一些簡單的法陣，讓我可以保護自己。」黑鷹回答。

「原來這是保護我們的，還好，還好。」雷撫了撫胸口，彷彿是鬆了一口氣，隨著他們坐在法陣的中央。

「我還以爲你是賽蓮派來的呢！最近賽蓮常常出現在月漠，無緣無故地抓走許多人，並且把他們關在暗黑五芒星的法陣裡。讓居住在月漠的我們感到十分害怕。」雷說。

黑鷹趕緊搖搖頭：

「不是的。我不是賽蓮派來的，事實上，我們還被賽蓮攻擊過。」

「你們也被攻擊？所以，你們的朋友也是被賽蓮抓走的？」雷想起剛遇到時，阿提斯似乎有提到。

「不是，我的教練跟朋友們是被冷執事抓走的。他設局迷昏我們，還逼我們要拿到玫瑰沙漏，才願意將人釋放。」阿提斯說。

雷歪著頭想了想：

「冷執事？如果，我沒記錯，他好像算是賽蓮中的貴族、伊萊絲公主的侍衛長。」

「原來他也是賽蓮。」黑鷹說。

「對啊，他通常是陪在伊萊絲公主身邊，不太會來月漠。因為，伊萊絲公主不喜歡月漠，她不喜歡沾染到這些砂礫灰塵的。所以，那些貴族不會來月漠。在月漠盤旋的賽蓮通常是比較低等、野蠻或是被放逐落沒的賽蓮貴族。牠們常常會出現在城鎮上空攻擊馴養的家畜，就像是沒規矩的野獸一般。」雷說。

保羅驚訝地說：

「賽蓮還有貧賤與貴族之分啊？」

「當然有啊！經過暗黑魔法馴養的賽蓮是屬於賽蓮中的貴族，其他的就是一般的賽蓮。我們現在覺得最頭痛的就是那些曾經是賽蓮貴族，卻被放逐到月漠。我們姑且稱他們是賽烏吧！他們懂得一些暗黑魔法，但又不甘於被放逐，所以常會在這裡惹事或是隨意到城鎮裡去抓人當他們的奴隸。」雷說。

「那你們怎麼辦？你們怎麼對付這些賽烏？」黑鷹問。

雷只是聳聳肩：

「我也不是很清楚，我很久沒有回城鎮了，只能趁這次回去看看情況，希望他們一切平安。」

所有的人面色凝重地點點頭，在心中皆如此希望著。

「天色已經很晚了，早點睡吧！明早我們還要趕路呢！」雷說。

「好的，雷晚安！」阿提斯說。

「晚安！」雷道過晚安，便倚著那隻花豹小花，閉眼休息。

沙漠裡的夜晚溫度下降的很快，即使是披著披風的他們也漸漸感到寒意，阿提斯、黑鷹、保羅三個人相互倚靠著取暖，仰躺在沙地上的他們，看著佈滿星辰的天空，每一顆星都是那麼閃耀，讓人覺得好像身處在夢境之中。

黑鷹輕聲開口：

「你們看，這天空像不像我們那天在銀河洞看到的山壁？」

保羅點點頭：「像，像極了！」

「只是那時候巴特教練、尼克和法蘭斯還在我們身邊，現在只剩我們了。不知道他們現在怎麼樣了？」阿提斯小聲地說。

「我也不知道。我連我們是不是還在樹穴裡都不太清楚。」黑鷹說。

保羅喃喃地說：

「我好希望這些都只是一場夢。你們說，會不會明天我們張開眼睛的時候突然發現，其實我們是在銀河洞裡睡著了，這一切都沒發生過，都只是我們的想像？」

「如果真的是這樣就好了。睡吧！我的兄弟。」阿提斯說。

「是啊，睡吧！祝你有個好夢。」黑鷹說。

隨著睏意漸漸襲擊而來，他們慢慢闔上雙眼，在星空下沈睡，四周一片寂靜，沒有人能夠回答剛剛保羅的問題。

此時，從遠方飛來一隻貓頭鷹，停在離他們最近的枝頭上，張著大大地眼睛默默守護。

這一夜，寧靜而祥和，任誰也無法預料，明天的他們將會如何？

到了半夜，黑鷹突然感覺到，似乎有人靠近法陣所產生的保護。

他連忙坐起身四處張望，所有人都仍在沈睡，沒有看到任何物體在他們周遭出現，只是依稀聽到有人似乎壓低聲量交談：

「你看看，這個是什麼？我怎麼過不去？」

「你是笨蛋嗎？這裡有兩棵枯樹擋住了，你當然過不去啊！」

「對喔！眞的是兩棵枯樹耶！哈哈，你知道我晚上的視力不太好。」

「你眞是的！我們先在這裡休息一下吧！」

「喂，你聽說了嗎？聽說老冷找了三個地球之子要他們取找玫瑰沙漏耶？」

「不會吧！老冷應該是走投無路了嗎？怎麼會找地球之子，他們的生命那麼脆弱，隨便一捏就死了。我們都沒辦法而被困在這裡了，他們怎麼會成功！」

「誰知道，不要說別的，光一個荒謬森林就夠他們受了，說不定那三個地球人已經死在森林裡了。」

「也是有可能的。這下老冷一定玩完了，看他怎麼跟公主交代。」

「就是說嘛！每次看到他那嘴臉就覺得討厭，一副清高冰冷的模樣，要我說他也不過只是公主圈養的一條狗。如果我有機會回去，我一定要把他從公主身邊趕走。」

「那也要你回得去啊！」

「也是。唉！什麼叫做找到本心啊？那個烏帝是怎麼一回事？明明我們都是賽蓮一族，爲什麼不乾脆點放我們過去就好，還要我們找到什麼初衷本心的，虧我們每天還抓了那麼多人，獻上一顆又一顆新鮮的心臟給他吃，連人都快被我們抓完了。」

「別抱怨了！我們還是趕快去抓人吧，天都快亮了。」

「說的也是。」

接著就聽到一陣翅膀拍擊的聲音，周圍又回復到一片寧靜。

呆坐著的黑鷹無法相信到底自己意外聽到了什麼，他偷偷擰了自己的大腿一把。

啊！會痛！很痛！表示這一切並不是夢。

如果事實眞是如此的話，那也太恐怖了！

有會到處抓人的賽蓮就已經夠讓人害怕了，竟然還有一個會吃人心臟的賽蓮烏帝，這下該怎麼辦才好！

冷靜，冷靜！黑鷹在心裡要自己一定要冷靜下來，現在唯有冷靜下來才能想出辦法。

聽起來他們並不知道自己會白女巫的魔法，剛剛那兩隻賽蓮離他們這麼近，竟然也沒有發現他們，可見白女巫魔法是有效的，至少他們可以安全的藏匿在這五芒星的法陣裡，這算上是個好消息。

其二，也許明天到鎮上，他們可以多打聽些消息，除了了解烏帝到底是什麼之外，也要探聽看看有沒有其他路徑可以通往玫瑰沙漏，依據那兩隻賽蓮的說法，若硬要從烏帝那裡通過，就他們而言是一定不可行。

再來，還有什麼呢？嗯……。

接下來的時間，黑鷹根本完全無法入睡，只能睜著眼望著滿天星斗直到天色逐漸明亮。

當清晨第一道曙光出現在天際之前，整夜站在樹梢守護他們的貓頭鷹早已不見蹤影，只剩整晚沒睡的黑鷹一個人呆坐著。

「黑鷹，你這麼早就起來啦！」一邊伸展著身軀的阿提斯，一邊問著身旁的摯友。

黑鷹無奈地嘆了一口氣：

「不是早起，而是我整晚沒睡。」

「怎麼回事？」阿提斯問。

「昨天半夜的時候，我無意間聽到兩隻賽蓮在法陣外面交談，原來賽烏們之所以在城鎮中到處捉人，是爲了要獻給烏帝，一個掌控通往玫瑰沙漏路徑的人。」黑鷹憂慮地說。

「烏帝要那些人做什麼？」雷問，當他聽到黑鷹開始跟阿提斯提到賽烏捉人的事情，就湊了過來想要多了解一點。

「如果我沒聽錯的話，那些賽烏其實也是冷執事派出來尋找玫瑰沙漏的，只是他們沒有完成任務，而被困在這裡。聽他們的意思是烏帝曾說若想要取得玫瑰沙漏，必須要先找到本心。因此，他們不斷獻上新鮮的心髒給烏帝，讓他確認那一顆是所謂的"本心"。」黑鷹試圖猜測。

雷驚訝地大叫：

「天啊！這也太可怕了吧！所以，那些失蹤不見的人都是他們獻上心臟的祭品？」

黑鷹難過地搖搖頭：

「不知道。但很有可能是……。」

雷跌坐在地上，喃喃地說：

「不，不會的……，怎麼會有這麼殘忍的事。」

在城鎮上的居民多半有著親戚關係，他可以想像得到抓走的人中，很有可能有他的親戚。雷無法想像他的族人竟然正在遭受如此可怕的事情，他原本想那些被抓走的人可能只是被監禁在某個地方，總有一天會被放出來。

但是，他從沒想過這些被抓走的人，可能是會無聲無息地失去心臟，甚至是失去生命再也無法回來的。

「所以，我們必須阻止這樣的悲劇繼續發生。」阿提斯堅定地說。

「嗯，我整晚都沒睡就是在煩惱該如何制止這件事。不但，要阻止賽烏們繼續抓人，更要弄清楚烏帝到底要什麼。我現在唯一知道的是我學的白女巫魔法似乎是可以產生保護我們的作用，至少昨晚那兩隻賽烏就沒有發現待在五芒星裡的我們。」黑鷹解釋。

「那接下來我們應該怎麼辦？」默默地在旁邊聽完這件事的保羅問。

「我不知道。你們有沒有什麼想法？」黑鷹說。

「既然現在發現五芒星法陣是眞的可以保護作用的，至少先在我們每個人身上的披風畫上一個，在路上如果有遇到賽蓮襲擊時，可以有個躲藏的地方。」

阿提斯想了想說：

黑鷹和保羅點點頭表示同意，雷接著說：

「到了鎭上，我再去看看能不能打聽到多一點關於烏帝的消息給你們。」

「嗯，到時候我們再討論看看，有沒有辦法一起把你的族人們救出來。」阿提斯說。

雷感激地握著阿提斯的手：「謝謝你們。」

「別這麼說，你在沙漠裡救了我們，這是我們應該做的。」阿提斯握住雷的手誠心地說，就在這一刻確立了彼此堅定的兄弟情誼，一起面對不可知的挑戰。

第六章　對抗・蘑

月漠裡不時捲起漫天沙塵，粗糙而刺人的砂礫，常讓行走其中的人張不開眼看清眼前的路，然而，滿天風沙阻止不了阿提斯、保羅、黑鷹、雷與小花前進的心，仍然一步步緩慢地走向城鎮。

當他們越靠近城鎮，周圍的景色也隨之改變，適合種植各式農作物的綠地漸漸出現在眼前。踩在平緩的草地上跟鬆軟的沙堆中，那感覺就有所不同，好走許多，也讓他們行走的速度也漸漸加快。

有趣的是，在他們進入草原後，時不時會有獨角獸出現在他們的周圍。

「你看！是獨角獸耶！」保羅興奮地指著其中一隻獨角獸說。

雷微笑地說：

「對，那是獨角獸，專屬於我們的守護神。月漠人相信我們是被獨角獸特別保護的民族，祂們會不預期地出現在我們的生活周遭，能遇見祂們，是一種幸運也是祝福。」

那些獨角獸有著明亮到不可思議的毛色，雪白而耀眼，當牠們奔跑起來的時候，就像草原上的一道道閃電，遼闊大地上最獨特的一道光芒。

一開始，那些獨角獸只是遠遠地看著他們，直到其中一隻踱步走到花豹的面前，低頭與花豹的額頭觸碰著，彷彿在交談一般。

過了一會兒，那隻成年的獨角獸平和地離開了花豹，另外一隻看起來比較年幼的獨角獸走近保羅的身邊，用頭示好地蹭了蹭保羅。

保羅開心地大叫：

「你看！牠主動碰我耶！牠喜歡我！」

其他人微笑地看著他純眞的模樣，頓時所有人的人都感受到幸福的氛圍瀰漫在整個空間。

漸漸地越來越多的獨角獸像他們靠了過來，將他們圍在中央。

保羅興奮地這隻摸摸、那隻摸摸，就像個孩子看到新鮮玩具一般和獨角獸們一起追逐玩樂。

一隻獨角獸默默靠近黑鷹，他主動伸出手，讓獨角獸的頭能夠靠在他的手上、貼近他。

“這眞是神奇的動物！”黑鷹在心裡想著，原本只是在父親說的床邊故事裡出現的神獸，現在竟然活生生地出現在他的面前，讓他的心裡感到十分激動。

他輕輕地順著獨角獸頭部的毛髮撫摸著，感受那一份柔順和安祥。

忽然，他聽到不知道從哪裡來的聲音，清楚地傳到他心底說著：不要害怕！地球之子，我們都在，我們和天使們會一直守護著你們，所以安心地去做你想要做的事情。

乍聽到這些話時，黑鷹的眼淚就這麼不由自主地掉下來，為這無私的守護而感動。

其實，從昨晚起，他一直在心裡焦慮著，只靠自己的白女巫魔法是否足夠跟賽蓮和烏帝抗衡，救回那些被抓走的人，但是，他不敢讓其他人知道他這份擔心，害怕他們會因此更加恐懼即將到來的一切而失去希望。

然而，就在這一刻，也許是獨角獸又或許是天使們聽到他的擔憂，因而回應了他的乞求，他突然明瞭他並不是一個人，不是一個人單獨對抗著即將面臨的征戰。

那輕柔的話語奇異地安撫了所有不安與焦躁，讓他能夠平靜下來。

是的，他不是一個人，一直都不是。

看著眼前阿提斯與保羅的笑容，雷與花豹小花之間，自然散發出來的親暱，這一切都是他一直希望擁有的，而他也願意為了這一切付出所有去保全他們，就像是天使守護著自己一般。

明白這件事的黑鷹，放下心來感受眼前難得的悠閒，他緩緩地走著，而獨角獸們也就這樣陪在他們身邊，護送他們直到一群石頭搭建的建築物出現，才慢慢轉身離開消失在他們眼前。

雷興奮地指著前方的建築物：

「我們就快到了，就在前面。」

就在這個時候，遠方天空突然出現一隻展翅的黑鳥，保羅率先看到牠，大喊著：「是賽蓮！快躲起來！」

一時之間找不到地方躲藏的他們，只能將自己的披風完全展開罩住自己蹲在地上，期盼披風上的五芒星法陣能夠發揮作用。

那隻賽蓮快速地從他們的頭頂上飛過，不一會兒又飛了回來，前前後後在他們的上方盤旋了好一陣子，似乎在尋找什麼，就是沒有看見下方躲藏在披風下的他們，最終放棄了搜尋向遠方飛去。

等到賽蓮拍拍翅膀離去後，他們才從披風下探出頭來。

「好險，沒有被賽蓮發現！」保羅心有餘悸地說。

「是啊！看起來，五芒星眞的遮蔽的作用，可以保護我們，讓我們不被賽蓮發現。」阿提斯說。

「嗯嗯，但是，在畫五芒星要特別小心，一定要讓尖頭在上方，千萬不要畫反了，反方向的五芒星可是連接惡魔的符號。」黑鷹說。

雷點點頭說：

「這個我知道，我看賽蓮他們抓到人之後，就是把人關在反方向的五芒星裡。」

「沒錯，也許我們可以借用正五芒星的力量來救出那些被抓的人。」阿提斯說。

「也許可以。我家快到了，就在前面。我們可以先到我家，問問看我的家人，探聽一些消息。」雷說，他帶領著所有人繼續往前走。

進到城鎮裡的他們，覺得城鎮裡的氣氛異常詭譎，原本熱鬧萬分的街道兩旁竟然沒有一間店開門做生意。

「雷，今天是你們城鎮的假日嗎？怎麼沒有一家店或是攤販營業啊？」保羅小聲地問。

「而且，街上竟然一個人也沒有，連一隻動物也沒有！」黑鷹說。

雷說：

「我也覺得很奇怪。如果我沒算錯，今天並不是假日，就算是假日，這條街是我們鎮上最熱鬧的街道，不可能連個人影都沒有，真是太奇怪了。該不會出了什麼事吧？」說到這裡，雷越想越不對勁，加緊腳步往家裡去。

經過幾個轉彎後，他們來到雷的家門口。

叩！叩！叩！

「媽，我是雷，我回來了，請幫我開門。」

雷敲了好幾下，但一直都沒有人來應門。

「奇怪，不可能沒有人在啊！」雷喃喃地說，他想了想，突然繞到房子的後面一棵枯樹的面前。

他讓花豹的腳掌踏在枯樹下的一顆石頭上，瞬間，石頭發出光芒，而他將他的掌心貼在那光暈上，那個光暈緩緩擴散成一個人大小的洞口。

此時，有個人從洞口中探出頭來，看到他說：

「雷，果然是你，先進來！你跟小花先進來，外面不安全。」

邊說著邊作勢要拉他進到洞裡，但是忽然看到他後面的人，驚呼：

「你們是誰？怎麼會在這裡？」

「陽，別擔心，這些是我的朋友，他們是地球之子不是賽蓮。」

對方聽到雷這樣說，猶豫了一秒才說：

「好吧！你們一起進來！」

他們得到對方的許可，便跟著雷哥和小花一起進去那個光暈中，一同消失在這個空間裡。

對方將他們帶到一個類似客廳的地方，雷所有家族的人都聚集在那裡。

「爸、媽，我回來了！」雷跑向前擁抱他的父母。

雷的母親擁抱著兒子：

「回來就好，回來就好，我好擔心你也會遇到賽蓮。」

雷的父親看到跟在他後面的人開口詢問：

「這些人是誰？怎麼會跟著你一起進來？」

「爸，這些人是地球之子阿提斯、黑鷹與保羅。我是在月漠遇到他們的，他們說要到鎮上，但是不知道路，所以我就帶他們回來了。阿提斯，這是我的父親、母親、哥哥陽和我們家族的人。」雷回答父親的問題並且向阿提斯他們介紹自己的家人，接著轉頭問：

「媽媽，到底發生什麼事了？爲什麼街上都沒有人？你們還躲到光穴裡來。」

雷的母親看了坐在身旁的父親一眼，雷的父親才開口回答：

「還不是因爲賽蓮！最近，賽蓮抓人越來越凶狠，好多人無聲無息地就被帶走了，我爲了要保護大家的安全，才將所有人都遷進來光穴中躲藏。」

「這些賽蓮眞是太可惡了！我們又沒有做什麼事，爲什麼要這樣對我們？」雷憤恨地揮舞著雙拳。

「噓！兒子，你在這裡說就好，千萬別出去！不然，被他們聽到了話，你一定會被抓走的。」雷的母親惶恐地拉住他。

「媽，別擔心，我出去不會亂說的。」雷拍拍他母親的手，安撫她。

他抬頭看了一眼圍在四周的家人，幾乎所有人都在，除了自己的妹妹苡娜。

「咦！苡娜呢？苡娜怎麼不在這？」

媽媽聽到雷的問題，不由自主地掉下眼淚：

「苡娜被賽蓮抓走了。」

「什麼！怎麼會？！」雷哥驚訝地說。

「昨天，剛成年的苡娜離開城鎮準備到月漠去生活，沒想到還沒有走進月漠，就被賽蓮抓走了，她的白狐玲跑回來跟我們求救，我們才知道的。」雷的母親傷心地說。

「怎麼會這樣！不行，我一定要去救她。黑鷹，你有辦法對不對？你一定有辦法救她，對不對？」雷激動地轉身抓住黑鷹的雙手說。

雷的哥哥陽出聲：

「怎麼可能？他只是地球之子，怎麼可能救得了苡娜？賽蓮是那麼可怕，更別說他們的主人烏帝了。」

「烏帝，你知道烏帝？」阿提斯問。

「有一次意外聽到賽蓮提到的，他好像就住在山頂上那個廢棄的神殿裡，所有被抓的人也都是被送到那裡去的。」陽說。

「這樣啊～」黑鷹低頭下來思索著。

「哥哥，他不是普通的地球之子。他是受到白女巫魔法守護的地球之子，這一路上要不是有他的五芒星法陣保護，我早就被賽蓮抓走了。」雷向自己的哥哥解釋著。

年老的父親聽到雷這麼說，突然在黑鷹的面前跪了下來：

「拜託你了，地球之子，請你救救我的女兒。」

其他人看到這一幕，也跟著跪了下來。

黑鷹趕緊伸手將對方扶起來：

「伯父，你別擔心，我一定會盡全力救出他們的。」

「那就拜託你們了！」雷的父親懇切地乞求著黑鷹、阿提斯與保羅的協助。

「在我們去救人之前，可不可以請你們多跟我們分享一些關於烏帝與賽蓮，你們所知道的事？讓我們可以多做些準備，多了解一點。」阿提斯說。

「沒問題。來，來，來，你們這邊坐，我跟你們說。」老父親牽著黑鷹的手，拉著他在椅子旁坐下來，阿提斯跟保羅也跟著坐在旁邊。

一群人就針對這件事討論了一整個晚上，每個人都不吝惜地與他們分享自己所知道的，讓他們三個人對於整個情況有進一步的了解。

「所以只要我們打倒烏帝，就可以救出所有的人囉？」阿提斯獨自詢問著。

魚龍先生的身影又出現在阿提斯的腦海中。

「親愛的阿提斯，不是這樣的。烏帝他只是玫瑰沙漏的守護者，你們並不需要打倒他。」魚龍先生說。

「可是他抓走了許多無辜的人。」阿提斯說。

魚龍先生搖搖頭說：

「不是的，抓走他們的是那些誤會烏帝意思的賽烏們。只要你們能夠清楚地瞭解自己存在的意義，就能擁有最強大的能量，引導一切回歸正途。」

「魚龍先生，你講的實在太深奧了，我聽不懂。」阿提斯說。

「哈哈哈，我親愛的阿提斯，你很快就會明白了。」魚龍先生的身影又再次消失在阿提斯的腦海中。

「阿提斯、阿提斯。」黑鷹發現他發呆的狀況，而喚著他的名字。

阿提斯回過神來：「嗯？」

「魚龍先生又出現了？他有沒有說有什麼辦法可以對付烏帝？」黑鷹問。

「沒有。他反而說烏帝只是守護者，我們只要能夠清楚了解自己存在的意義，就能擁有最強大的能量，引導一切回歸正途，並不需要對抗烏帝。黑鷹，你知道這是什麼意思嗎？我不太懂。」阿提斯困惑地說。

「我也還在思索，不是很清楚。不過，我想，我們很快就會知道了。」黑鷹篤定地說。

「你怎麼跟魚龍先生說的一樣？他也是這樣說的。」阿提斯說。

「是嗎？如果是，那我們就不用太擔心了。」黑鷹說。

「好吧，如果你都說不用擔心，我想我們就真的不用憂慮了，見招拆招吧！」保羅樂觀地說。

阿提斯和黑鷹不可置否地扯扯嘴角，面對如此不確定的未來，或許就像保羅說的，憂慮似乎也沒有什麼幫助，不如就坦然面對吧。

第二天，在雷的幫助之下，他們順利到達廢棄神殿附近。

雷轉頭跟他們說：

「阿提斯、黑鷹、保羅，前面就算是月漠族的禁區，我不能進去，只能送你們到這裡，剩下的就靠你們自己了。」

阿提斯向前擁抱住他：

「謝謝你，雷。」

「別客氣，我妹妹苡娜就靠你們了，拜託你們一定要救她。」雷回抱住阿提斯說。

「會的，我們一定會盡我們最大的力量。」阿提斯說。

「再見了，我的朋友們，你們一定要平平安安地回來。」

雷也擁抱了黑鷹與保羅後，才轉身跟花豹一起下山。

阿提斯、黑鷹和保羅看了看矗立在山腰上的神殿，又轉頭相互交換一個鼓勵彼此的眼神之後，便開始向上攀爬。

歷經一番辛苦之後，終於來到雷口中的廢棄神殿，他們躲在離神殿最近的角落朝裡面望去。

神殿裡面有許多人，有些人半跪在地上擦拭著神殿的地板；有些人則是單腳跪在地上，彷彿在等待什麼人給予他們指示；有些人正在神殿中央跳著舞似乎在取悅著什麼人。

他們最大的相同點就是面無表情，動作非常制式，即使是場中央跳舞的舞者們，動作也像是機器人一般僵硬，像是個上了發條的音樂盒娃娃。

保羅還看到有一個似乎像是僕役的人，端著一盆冒煙的熱水要去高台上，途中不小心灑落了一些，那冒煙的熱水滴在一旁擦地的人身上，那擦地的人竟然連眉頭都沒有皺一下，仍舊低頭擦拭著眼前的地面，似乎沒有感覺有被燙到。

保羅低聲問著旁邊的黑鷹：

「你有沒有覺得他們有些不太對勁？」

「嗯，他們似乎對他們所做的事情感到麻木，沒有察覺到他們正在做什麼事情。」黑鷹說。

「是不是因為他們都沒有心了，所以才沒有感覺？」阿提斯突然想到那個烏帝會吃心臟的傳說，會不會這些人的心臟都已經被烏帝吃掉了，所以才沒有任何反應。

保羅不認同地說：

「可是，如果他們都沒有心了，怎麼還可以動呢？沒有心臟不就死了嗎？」

「也許是有什麼妖術或是暗黑魔法在背後支撐著他們吧！」黑鷹說，他也覺得這些人似乎已經失去他們的心臟，個個像是殭屍一般活著。

阿提斯有些訝異地轉頭看向黑鷹：

「所以，你說他們是殭屍？」

「我不確定，也許是吧……。」黑鷹回答。

阿提斯和保羅同時倒抽了一口氣，對於眼前這景象感到震驚。

「那……我們現在該怎麼辦？」保羅問。

「我們先偷偷溜進去，確認一下裡面的狀況，再做決定吧！」阿提斯說。

黑鷹點點頭同意他的提議。

他們找了一個認爲從神殿裡不會看到的位置，讓保羅伸出手將掌心貼在圍籬上，試圖用心之鑰熔出一個可以過去的開口。

正當他們從圍籬的開口溜進去時，從神殿傳來一個誇張的男聲：

「哇哇哇，看看來了什麼客人？既然要來拜訪我，爲什麼要偷偷摸摸地進來呢？」一個穿著大人衣服的小男孩突然飄到他們的面前。

阿提斯連忙擋在黑鷹和保羅的面前護衛著他們，一面開口問眼前的小男孩：

「小弟弟，請問你是誰？怎麼會出現在這裡？」

那小男孩聽到阿提斯稱他是小弟弟，憤怒地大吼：

「小弟弟！小弟弟！你竟然稱偉大的烏帝是小弟弟，你是不想活了嗎？」

他舉手一個甩袖就把阿提斯捲起來，往神殿旁邊的柱子甩過去。

阿提斯整個人飛起來，撞在柱子上後跌了下來，趴在地上，吐了一大口血。

黑鷹和保羅連忙過去查看阿提斯的情形，想要將他扶起來。

此時，那小男孩又生氣地開口：

「你們這些人怎麼這麼不懂禮貌，我問了這麼多問題，竟然都沒有一個人回答我！！」

黑鷹趕緊出聲，假意回答：

「烏帝先生，對不起，請別生氣。我是黑鷹，這是我的朋友阿提斯與保羅。我們不是故意偷溜進來的。我們是看到裡面有人在跳舞，以爲裡面正在舉行舞會，所以想要進來參加，請問我們可以參加嗎？」

烏帝聽到黑鷹的回答，情緒稍微緩和下來：

「原來還是有人比較有禮貌。原來如此，所以，你說你叫黑鷹？」烏帝將他全身上下打量了一番。

「是的。」黑鷹回答。

「不過，你編造的藉口也太憋腳，想要說謊也要說的高明一點！你說你們不是爲了玫瑰沙漏而來的？」烏帝問。

「嗯……。」黑鷹遲疑了一下。

烏帝還沒聽到黑鷹的回應，又一個舉手將他捲了起來，甩向另外一邊柱子，讓他迎面撞上柱子後掉了下來，吐了一大口血。

保羅看到自己的兄弟接連被烏帝抓去撞柱子，憤怒地指著烏帝：

「你這個人怎麼這麼殘暴，動不動就把人抓去撞柱子！我們有好好回答你的問題了，你怎麼可以這樣？」

烏帝氣噗噗地走到保羅的面前質問他：

「誠實！誠實！都沒有人教過你們說話要誠實嗎？不誠實的人就應該懲罰，我懲罰他們有什麼不對嗎？」

被烏帝這樣逼問，本來脾氣就比較火爆的保羅也吼了回去：

「是！我們就是爲了玫瑰沙漏而來，要不是那什麼伊萊絲公主抓了我們的教練跟隊員，逼迫我們來拿什麼該死的玫瑰沙漏，還有爲了要救出你抓的這些人，我們有必要要來這裡嗎？」

「好、很好，你叫保羅是吧！已經很久沒有人敢這樣面對著我吼叫了，我欣賞你的個性。」烏帝說完，轉身往高台上走去，慵懶地坐在椅子上。

「但，那並不表示我可以容忍你對我的無禮。」他的話才剛落下，就看到保羅被不知道從哪裡來的一根藤蔓綑綁了起來，吊掛在天花板上。

保羅掙扎地大叫：

「啊！啊！啊！放我下來！放我下來！你這該死的妖怪，快放我下來！快放我下來！」

烏帝用手指挖挖耳朵：

「你，你，你也太吵了，安靜點！」

他的袖子一揮，只見保羅張著嘴似乎在大叫著，卻再也發不出一點聲音。

此時，原本暈過去的阿提斯醒了過來，看到吊掛在天花板上的保羅，趕緊衝了過去想要救他下來，可是他連保羅的腳都搆不到。

「烏帝，你在做什麼！快把保羅給放了！」阿提斯強烈的呼喊，喚醒了剛剛被丟在地上的黑鷹。

他睜眼一看，不但保羅被懸掛在天花板上，另一條不知從哪裡來的藤蔓，正要纏上阿提斯。

黑鷹連忙在心中唸起姆姆曾教過的咒語，想要阻止那張狂的藤蔓纏上好友的腳踝。

那防禦的咒語果真起了效用，張狂而來的藤蔓在中途突然斷掉，凍結在半空中。

「阿提斯，快走！」黑鷹大叫。

阿提斯轉頭一看，發現那條長滿尖刺的藤蔓，趕緊跳離，快速跑到黑鷹身邊，扶起他。

「呵呵，原來你還會白魔法啊！」烏帝邪魅地看著施法的黑鷹。

黑鷹扶著剛剛被摔傷的腰，硬是從地上爬了起來，站到阿提斯的身邊：

「對，所以你趕快把我的朋友放下來，放走這些人，不然，我就對你不客氣了。」

「哈哈哈，有趣、眞是太有趣了！一個弱小的地球之子竟然要脅我，說要對我不客氣！哈哈哈，眞是太好笑了！我快被笑死了！」烏帝像是瘋了一樣不停大笑著，那笑聲傳遍了整座山頭，連神殿的牆壁都跟著笑聲一起震動。

「笑什麼笑！這有什麼好笑的。快放了他們！」阿提斯壓下心中的恐懼，故意板起臉裝作堅強的樣子，向眼前發瘋的烏帝大喊。

烏帝停下了狂笑，低頭對他們說：

「你以爲是我把這些人抓來的嗎？不是的。是這些人，一個個跑到我的面前，要求我把可以賜予幸福的玫瑰沙漏交出來，我問他們憑什麼？他們有什麼資格可以拿到玫瑰沙漏？竟然，沒有一個人可以回答出來！我再問他們是爲了什麼而來拿玫瑰沙漏？他們個個更是支支吾吾地說不出個所以然來，說不出原因。這些人開始轉著圈尋找著答案：另一些人趴在地上不斷思考：另外那些單腳跪在地上的人們，更加可笑！以爲恭敬地服侍我、討好我就可以得到答案，甚至是得到玫瑰沙漏。現在，你，這個只會些白魔法的小子，竟然還恐嚇我！」

陷入暴怒的烏帝大手一揮，原本停滯在半空中的藤蔓迅速的將阿提斯纏繞了起來，將他整個人舉了起來。

「是誰允許你對於偉大的守護者烏帝如此不禮貌的！我要嚴懲你！你這粗魯、無禮的地球之子。」

黑鷹看到大叫：「烏帝，你身爲守護聖物玫瑰沙漏的守護者，你難道忘記了你神聖的使命嗎？你不要一錯再錯，快放開我的朋友！」，並且迅速地開始施展起白魔法想要阻止這一切，然而在強大的暗黑魔法下，他的白魔法似乎起不了什麼作用，藤蔓不但纏上阿提斯，還把他整個人倒掛起來，吊在半空中。

「黑鷹！黑鷹！救我，救我。」阿提斯呼喊。

眼看兩個摯友都被吊掛了起來，黑鷹在下方焦急萬分，不知道該怎麼辦才好。

而烏帝則是意興闌珊地坐回椅子上，懶懶地開口：

「喔！親愛的黑鷹，你質問我是否忘記了我的使命。我先來問問你吧！既然你們承認是來尋找玫瑰沙漏的，你認爲你憑什麼能夠得到它？」

黑鷹情急之下，回答道：

「憑、憑我會白魔法。」

「所以，只要失去白魔法，你什麼也不是！」烏帝大聲地說，並且大手一揮收回原本在他身上的魔法。

黑鷹頓時覺得全身力氣瞬間被抽乾，雙腿直跪在地，整個人幾乎要癱坐在地面，他暗自念起咒語，竟然發現咒語並沒有起任何的作用。

烏帝走下高台，在他的身旁蹲下來：

「親愛的黑鷹，你要知道白魔法並不屬於你，我隨時可以奪走它。這樣的你又怎麼有資格得到守護幸福的玫瑰沙漏呢？」

說完，烏帝高傲地站起身背對著黑鷹，雙手一揮，在阿提斯和保羅的下方，突然出現兩團火焰，火舌直逼兩個人，就快燒到他們兩個人。

他回頭朝著黑鷹邪魅地揚起嘴角：

「嘖嘖嘖，我最喜歡看人掙扎的樣子，那眉眼緊皺的表情是不是讓人特別揪心呢？眞好看。爲了滿足我這小小的趣味，我決定再給你一次機會，看失去魔力的你要怎麼樣同時拯救你的兩個好友！喔！我是不是很善良呢？」

黑鷹只是緊皺著眉頭，憤怒地瞪著眼前如同惡魔一般的烏帝，什麼話也不說。

烏帝看了看他的表情：

「喔，看來你並不是很贊同呢！不過，沒關係，這並不影響我要問的問題。其實，這問題很簡單，你說，你到底爲了什麼活著？爲了什麼要拿到玫瑰沙漏？你說啊！你說啊！」

他驚慌地重複著：

「爲什麼？我到底是爲了什麼活著？到底是爲什麼？爲什麼？」

「到底是爲了什麼呢？」他問自己並在心底不斷逼迫自己要冷靜。

是爲了從伊萊絲公主手中救出巴特教練、法蘭斯與尼克？是爲了參加球賽？是爲了奪取冠軍？不，這答案一定不是那麼簡單，那到底是爲什麼呢？黑鷹在心裡不斷地搜尋著答案，並且眼睜睜地看著那火焰不斷向上竄升，幾乎要呑沒阿提斯和保羅。

他感覺到巨大的焦慮，從腳底板透過了過來，巴著小腿像是蜘蛛網般順著身上的血管向上延伸，全身的肌肉僵硬了起來無法動彈，他的肺部開始吸收不到氧氣頭皮開始發麻，視線漸漸模糊。

這一刻，他腦海中快速浮現出生命中曾有的每一刻，姆姆慈祥的笑容、和隊友們一起在球場上奔跑的爽快，許許多多美好而快樂的瞬間，最終，他耳邊似乎響起曾聽見的那一段話：不要害怕！地球之子，我們都在，我們和天使們會一直守護著你們。

他突然領悟，大喊出聲：

「愛！是爲了愛！我是爲了守護我所愛的一切而存在，我也願意爲了愛付出我的一切。」

剎那間，從黑鷹的胸前散發出強烈且純淨的光芒，籠罩住整座神殿，驅散了所有黑暗、不安與恐懼。

會燒死人的火焰與令人恐懼的藤蔓都不見了，阿提斯和保羅被好好的放回地面，重獲新生的他們緊緊擁抱住黑鷹，感謝他的救贖。

那純淨的光如同漣漪般不斷向外擴散，感染到神殿裡的每個人，看似僵硬麻木的人們也都回復了正常，停止了旋轉、重複相同的動作，開始相互對視著甚至是擁抱、微笑慶祝著新生命的開始，整個神殿洋溢著歡快氣氛。

烏帝也從一個穿著成人服飾的小男孩，化身爲一位風度翩翩的王子站在黑鷹面前，激動地握住他的手：

「愛！原來是愛啊！謝謝你，謝謝你讓我找回活著的意義。我一直找不到我存在的理由，直到剛剛你點醒了我，活著，是爲了愛，是爲了愛啊！」

正當所有人沈浸在這愉悅的氛圍時，兩隻賽蓮從神殿外飛來進來，停在高台椅子的手把上俯視著人群：

「呦呦呦，看看這裡，現在是開起派對了是嗎？怎麼每個人都這麼開心啊！」

「這麼歡樂的氣氛，我看起來很不習慣。」

「我還是比較喜歡他們受到驚嚇的樣子呢！」

「那我們就來加一點刺激的感覺吧！」

說完，兩隻賽蓮一躍而起，張開雙翅飛撲向神殿中，追逐起場中央的人們。

牠們像是追趕羊群一般，先是將人們一下子趕向東、一下子追到西，弄得所有人抱頭狂奔，尖叫聲四起。

賽蓮們卻因而樂此不疲，接著，更用利爪隨意抓起地面狂奔的人們，飛到半空中後，再把人丟下來，造成人員的傷亡，引起更大的恐慌。

他們三個人相互交換確認的眼神，阿提斯和保羅拿起畫有五芒星的披風往場中央去，保護且疏導人群逃出殿外；而黑鷹則是從懷中掏出一支短笛湊進嘴邊吹奏起旋律。

纏綿悱惻的音符隨著風傳進了正在戲耍人們的賽蓮耳中。

「那裡來的樂音啊？眞是美妙。」

賽蓮聽著聽著忘記自己正抓著人在天空中飛著，一個不注意便鬆開了雙腳，原本抓在腳上的人便這樣掉下去了。

「啊！啊啊啊～」那個人大聲尖叫、揮舞著雙手掙扎著。

保羅看到了，趕緊跑向前試圖接住往下掉落的人。

終於在最後一刻抱住了落下的人，抱著他在地上滾了好幾圈才停下來。

他低頭看了看懷中抱住的人，啊，是位姑娘，趕緊鬆開雙手詢問著：

「姑娘，妳還好嗎？這裡並不安全，我們先出去再說。」

那姑娘已經驚慌地無法言語，只能點點頭表示回應。

保羅二話不說，將姑娘橫抱起來，用披風裹住兩個人就往外跑。

他將人抱到神殿外，安置在一個相對安全的地方，交由其他人照顧後，就又披著披風衝進去救其他人。

被笛音吸引的兩隻賽蓮，停在黑鷹的身邊靜靜聆聽著他的笛音，阿提斯跟保羅趁著這空擋將在神殿的人們都救到外面，只剩下黑鷹與烏帝。

救完人的阿提斯與保羅想要再次進入神殿中，協助黑鷹對付賽蓮，但不知道是爲什麼就是無法再進去，即便保羅使用心之鑰企圖開啓。

但是，整座神殿似乎被禁錮在某個結界中，對於心之鑰的試探也毫無反應。

保羅擔心地看著阿提斯：

「現在怎麼辦？進不去啊！黑鷹一個人在裡面，不知道能不能對付那兩隻賽蓮？」

「現在我們只能在這裡等了，我相信黑鷹有能力可以應付的。況且還有烏帝在，他應該會保護黑鷹。」阿提斯說。

「烏帝？不知道他那個人靠不靠譜呢？你說，萬一他和賽蓮聯手除掉黑鷹怎麼辦？」保羅憂慮地問。

阿提斯深深吸了一口氣：

「應該不至於。烏帝已經覺醒，不再是那個殘暴的人，我們只能相信，黑鷹自己會出來，別忘了，他還有白女巫的魔法保護著，應該會沒事的。」

保羅嘆了一口氣：

「也只能這樣了。」。

他們兩個人望著與外界隔絕的神殿，在心裡乞求著他們的朋友早日歸來。

第七章 凝結・山

當黑鷹的笛音漸歇，一隻賽蓮站在他面前開口問：

「你是誰？軟弱無用的地球之子，怎能吹奏出如此美妙的樂音？」

在旁邊的烏帝沒等黑鷹開口回答，就先開口：

「你先別問他是誰？你先說說你又是誰？」

另外，一隻賽蓮跳到他們面前：

「喔喔喔，我以爲是誰，那麼大膽竟敢問我們是誰？原來是烏帝啊！嘖嘖嘖，你看起來很不一樣呢！既然如此，趕快將玫瑰沙漏交出來，我們好回去跟伊萊絲公主交差。」

烏帝不屑地哼了一聲：

「我才不會將玫瑰沙漏交給連自己都不知道自己是誰的人。」

聽到烏帝這樣說他們，不服氣的賽蓮們大喊：

「誰說我們不知道自己是誰！我是、我是、我是……。」原本大聲的賽蓮，聲量漸漸弱下喃喃自語著：

「我是、我是、我是……，我到底是誰？我怎麼忘了？」接著便跳到旁邊去，開始不斷地原地繞起圈來。

烏帝也不管他們，自顧自地拉著黑鷹的手：

「趁他們還在想，你跟我來。」

他帶著黑鷹繞過高台上的椅子，穿過神殿後方的牆面，走進隱藏在後方的密閉的廊道。

那是一條又長又狹窄的地道，兩邊還砌著的紅磚牆，這讓黑鷹想起他們剛掉進洞裡時，那個只能靠頭燈找明的長廊。

不知道這兩個地方是不是有什麼關係？黑鷹在心裡想著。

還沒想明白，烏帝就帶著他來到長廊盡頭的一間房間。

在房間的中央，有著一團懸在半空中的火焰，看起來正異常旺盛地燃燒著。

烏帝沒有跟他多做介紹，轉頭對黑鷹說：

「學過召喚嗎？」

他想了想點頭：

「姆姆很久以前有教過我。」

「那你就來試試，召喚祂！」烏帝讓開身，讓黑鷹自己面對眼前燃燒正旺盛的火焰。

他低下頭集中精神，手打著印記，對著那火焰唸起記憶中的咒語，不久從火焰中飛躍出一把權杖，彷彿像是聽到黑鷹召喚般飛到他面前。

黑鷹伸手握住了它，感覺一股溫暖傳遞到全身，心中似乎有股像是希望的力量被點燃。

「果然是你。恭喜你，地球之子，你通過試煉，這把聖火權杖選擇你作爲它下一任的主人，它將協助你完成你的任務與使命。」

黑鷹拿起眼前的權杖仔細地瞧了瞧，它有著金紅色的柄身，上面刻畫著無數烈焰的花紋，線條從底部延伸到權杖頂端，交織成樓空火把的樣子，暗暗閃耀著不知名的金屬光芒，做工十分精緻。

如此精緻的工藝品，該把它放在哪裡，才不會被賽蓮搶走？正當黑鷹腦海裡想到這問題時，原本巴掌大的權杖忽然間自動縮小，一個閃光鑽進他的胸口，在他的胸膛上出現一個火把的圖騰。

「哈哈哈哈，別擔心，我的朋友。聖火權杖一旦認定你是它的主人時，它就會一直跟著你，直到下一任主人出現。」烏帝停頓了一下，接著大手一揮，黑鷹感覺他離開了那個房間，耳邊只聽到烏帝的聲音傳來：

「親愛的朋友，爲了報答你教會我生命的意義，就讓我送你一程，回到你的朋友的身邊吧！不用擔心那些低等的賽蓮，我會好好看著他們，不會再讓他們去搔擾山下的村民，你安心地帶著權杖去找玫瑰沙漏吧！祝福你，我的朋友。」

當黑鷹再次睜開雙眼，竟然看到阿提斯和保羅出現在眼前。

阿提斯開心地張開雙臂緊緊擁抱住他：

「黑鷹，你回來了，你終於回來了。」

三個人高興地擁抱在一起，慶幸自己能夠平安度過剛剛那一場災難。

正當他們沈浸在歡慶的氣氛中時，一位姑娘怯生生地靠近保羅，拉拉保羅的衣袖害羞地說：

「謝謝你，謝謝你救了我。」

保羅注意到這害羞的姑娘，轉過身面對她爽朗地說：

「這沒有什麼！只是舉手之勞而已，妳不用放在心上。」

正當那姑娘想要開口再多說些什麼時，從遠方傳來一陣呼喊：

「苡娜、苡娜，妳在哪裡？」

那害羞的姑娘聽到後，急忙轉身揮著手：

「哥哥、哥哥，我在這兒，我在這裡。」

一隻有著純白毛色的狐狸突然出現在他們面前，跳進那位姑娘的懷抱，之後尋聲而來的雷，騎著花豹隨後出現。

雷一看那姑娘，馬上從花豹上跳下來，跑到她面前抱住她：

「苡娜，我終於找到妳了！我終於找到妳了！剛剛我在從神殿出來的人群中，一直沒看到妳，害我好擔心。妳還好嗎？有沒有哪裡受傷？」雷仔細地看了看眼前失而復得的妹妹。

「哥哥，我很好，我沒事。」苡娜說。

「沒事就好。走吧，我們回家，爸媽在家裡等著妳回去呢！」說完，雷牽起妹妹的手就想往山下走去。

苡娜激動地拖住雷的手臂，指著身邊的人：

「哥，你知道嗎？你知道嗎？就是他們、就是他們救了全村的人。尤其是他，要不是他接住從半空中掉下來的我，我早就被賽蓮摔死了！」

因爲妹妹激動的表現，雷停下腳步回頭看了看妹妹身邊的人，驚喜地叫喚著：

「是你們！阿提斯、黑鷹、保羅。」

「雷，是你啊！」阿提斯說。

「原來，你們就是我們月漠族的大恩人，救出那些被抓走的人們，還救了我親愛的妹妹。謝謝你們，謝謝你們！走！跟我回去，讓我們全族好好感謝你們一番。」雷開心地說。

「這樣好嗎？我們還得去找玫瑰沙漏，救出我們的朋友……。」阿提斯有些爲難地說。

雷和苡娜牽起他們三個人的手就往山下村子裡走，一面開口邀請：

「走啦！走啦！吃飽才有力氣可以繼續你們的旅程、救出你們的朋友。」

阿提斯、黑鷹、保羅無法拒絕如此熱情的邀請，只好跟著他們走。

才走到山下，那些剛被救出的鎮民看到他們的到來，一下子簇擁而上，紛紛向他們表達感謝之意。

在鎮民們熱烈的邀請之下，三個人來到城鎮中央的廣場，在那裡巨大的篝火早已經被點燃，那是鎮上的人爲了歡迎失蹤許久的家人歸來所準備，旺盛的火焰照亮了整個夜空，慶祝著這久違的團聚。

這一夜，眾人在星空下圍著營火，毫無顧忌地喝酒、吃肉，他們終於不用再害怕賽蓮突如其來攻擊，城鎮裡的人也不再會莫名地消失，因爲透過黑鷹的傳達，他們得知那邪惡的賽蓮受到了懲罰被烏帝監禁在神殿中，再也不會出來作怪。

他們快樂地在場中央手舞足蹈起來，跟著陣陣鼓聲跳起月漠族的傳統舞蹈。

雷的一家人也從光穴中出來，正圍繞在失而復得的女兒苡娜身邊開心地談天、歌唱。

雷和雷的父親端著一杯酒走到黑鷹與保羅的身邊，雷的父親開口說：

「我聽我女兒說，是你們三位年輕人救了我們全鎮的人，眞的很感謝你們！年輕人，我以這杯酒敬你們，謝謝你們救了整個城鎮的人和我的女兒苡娜。乾杯！」

阿提斯舉起杯子回敬：

「我們也要謝謝雷和你們，要不是雷，我們三個人早就餓死在月漠裡了。乾杯！」

「乾杯！」

黑鷹、保羅、阿提斯和所有圍繞在篝火旁的鎮民也跟著舉杯大聲說，一同喝乾了杯中的酒，快樂地跳起舞來。

歡樂的氣氛一直持續到夜半，場中央的篝火漸漸化為微光，為人們帶來微微暖意，讓喝醉的人們可以隨意倒臥在地上，與天上閃閃星河一同沈睡。

然而，阿提斯、黑鷹、保羅並沒有忘記他們的原有任務，因此，趁著星夜、大家熟睡的時候，他們準備悄悄離開城鎮，朝著荷魯斯之眼所指示的方向前進。

小花發現他們的行動，牠用頭推醒了雷，領著他來與他們道別。

「你們要走啦？」雷說。

「是啊！我們的朋友還在等我們去救他們，所以我們得出發上路了。雷，謝謝你，謝謝你和小花的幫忙。」阿提斯握著雷的手，衷心地感謝著。

「不用客氣，你們也救了我們月漠人，這算打平了吧！」雷回答道。

就在這個時候，苡娜突然提著一個包袱出現，她將包袱遞給了保羅：

「謝謝你救了我，這是我準備的一些乾糧，讓你們在路上可以吃，也算是報答你的救命之恩，請你不要推辭。」

保羅感動地看著苡娜：

「這　怎麼好意思~。」

雷將包袱塞進保羅的懷中：

「你就收著吧！保羅。這只是我妹妹的一點心意，別客氣。」

「謝謝妳，苡娜。」保羅抱著懷裡的包袱感謝地說。

苡娜害羞地朝著保羅點點頭，保羅也微笑地看著她。

如果可以，在旁邊看著的阿提斯和黑鷹，也希望保羅和苡娜能有多點時間在一起培養感情，說不定他們可以發展出進一步的關係。

然而，現實卻不允許，他們的教練和隊友們仍等著玫瑰沙漏救命，且他們的時間也不多了，再拖下去，教練和隊友們說不定會被冷執事淹死。

阿提斯不得不開口喚著：

「走吧，保羅，我們該出發了。」

聽到朋友呼喚的保羅，舉起手向依依不捨的苡娜道別，轉身朝著他原有的目標前進。

雖然，他知道這一別，他與這個女孩將不會再有機會見到面，但是，在他心中的某個角落將會永遠記住這位生命中第一個給他禮物的女孩甜甜地微笑，和她所給予的感謝與溫暖，是這段奇異旅程中少數的美好。

當阿提斯、黑鷹與保羅離開城鎮、踏進草原時，一隻獨角獸來到他們的身邊，不同於其他純白的獨角獸，牠頭上的尖角有著彩虹般的顏色，隱隱發出斑斕的光芒。

牠靠近黑鷹發出聲音：

「擁有荷魯斯之眼的地球之子，我是獨角獸－虹，奉白女巫之命帶領你們穿越月漠去到聖山，隨我來吧！」

聽到獨角獸說話的保羅，驚訝地指著牠：

「你．你．你．你會說話？」

獨角獸驕傲地揚起頭：

「當然，我可是聖獸，區區的地球語還難不倒我，親愛的保羅。」

「什麼！你還知道我的名字！」保羅訝異地說。

獨角獸一臉不以為然：

「你不是有跟紫介紹過你自己？」

「紫？」保羅歪著頭，在心裡困惑地想著自己到底是何時認識叫做"紫"的人。

「就是先前在草原上，你遇見的那隻小隻的獨角獸啊！紫還稱讚你是個擁有純真之心的人呢！」虹說。

保羅這時才想起先前在草原上，那匹第一個來向他示好的獨角獸，牠還曾經躺在他的大腿上一同玩耍，原來是牠啊！

虹從保羅臉上的表情看出他已經想起，才又開口：

「走吧！穿過這片草原與沙漠，我們還要走上一大段路。」

黑鷹想起之前遇到獨角獸們在心裡聽到的那一段話，他知道獨角獸是真的來幫助他們的，因此毫不猶豫地隨著虹前進，阿提斯跟保羅也跟著他們往聖山去。

好不容易靠著雷先前送的草鞋，他們走出了月漠，來到一條大河的旁邊。

此時，胸前的荷魯斯之眼再次綻放出光芒射向河對岸的山巔，山巔上覆蓋著白雪好似地球上冬日的阿爾卑斯山。

阿提斯靠近黑鷹說：

「看來，我們已經走出月漠。那玫瑰沙漏就在對面的山巔上。」

黑鷹點點頭回應著阿提斯的推論，保羅則是看了看眼前的景象，忍不住皺起眉頭：

「你說，我們還在樹穴裡嗎？還是我們已經出了樹穴？如果真的離開了樹穴，我們距離它又有多遠了？怎麼有沙漠又有雪山的，簡直要環遊世界一周了！」

阿提斯跟黑鷹聽了也跟著皺起眉頭，沒能回答他的問題，而獨角獸虹早就先走到河邊，沒有聽到保羅的疑問。

黑鷹低下頭望著湍急的河面，心裡想著這水流得這麼快速，要怎麼過去呢？

正當他這麼想時，忽然感覺到周圍的溫度下降許多，讓他不禁將披在身上的披風緊緊靠攏，抬頭一望，從空中竟然開始緩緩飄下許多白色的物體。

好奇的阿提斯伸出手接住其中一片，仔細瞧了瞧後，開口驚歎道：

「是雪耶！下雪了？」

滿天的雪花越飄越快，霎那間他們視線範圍內成爲白茫茫一片，當然也包括眼前的河流，片片雪花在河面上凝結，慢慢地一座連接兩端的橋出現在河面上。

他們三個人張大了眼看著眼前這過於奇幻的一幕。

當冰橋完整出現後，獨角獸虹率先走了過去，並轉頭呼喚：

「趕快過來，冰橋很快就會融化無法承載你們的重量。」

黑鷹聽到趕緊牽著阿提斯與保羅踏上冰橋。

從透明的橋底看過去就是河水，湍急的水流經過腳下，激起陣陣漩渦，讓過橋的人們心跳加速，深怕一不小心就會掉下去被河水沖走。

「不要專注在腳下，趕快走過來，橋要開始融了！」

獨角獸虹在河的對岸喊著。

黑鷹回頭望，剛剛經過的橋面果然開始有溶解的狀況，順著橋墩落下點點水滴，他拖著好友們在橋上跑了起來，終於在最後一刻，走過了冰橋來到獨角獸虹的身邊，在他們走過沒多久，那座冰橋也徹底融解，消逝在河面上。

三個人站在河邊大口大口喘著氣，剛剛那一刻真是驚險，黑鷹說：

「呼！還好，我們平安走過來了。」

保羅拍拍胸口：

「差一步，我們就要掉到河裡了！」

「這冰橋溶解的還真快！」阿提斯說。

「當然，它只是由雪花搭出來的臨時便橋並不堅固，況且它還有時間的限制，你們該慶幸能夠在時限內走完，並且平安抵達這裡。」獨角獸虹說。

「謝謝你，虹。」黑鷹感激地說。

虹瀟灑地一個甩頭轉身：

「不用客氣。走吧！我們還有一大段路要走。」

他們拉緊了身上的衣物，跟在虹的身後往聖山前進。

越靠近聖山，周圍的溫度越來越低，阿提斯、黑鷹與保羅用身上的披風緊緊包裹住自己，阻擋寒冷的襲擊維持自身的溫暖。

然而，這低溫似乎不會對獨角獸造成任何影響，虹仍然昂首走在前面，引領著他們。

到了山下，虹停住了腳步，轉身對他們說：

「我只能帶你們到這裡，接下來的路得由你們自己用雙手攀登上山了。玫瑰沙漏就被藏在山巔上的冰宮中，要有極大的意志力與耐力才能獲得。加油吧，地球之子們，我先走了。」

「虹，謝謝你，謝謝你帶我們到這裡。」阿提斯感恩地向牠鞠躬道謝。

虹開口回答：「不用道謝，我只是在償還你們的救命之恩。」

「救命之恩？」保羅狐疑地問。

「你們還記得在荒謬森林裡的那隻被麻雀們欺負的黑鳥嗎？那就是我。那天，我化作黑鳥到荒謬森林裡，意外遇上麻雀們群起攻擊，還好遇到你們替我趕走了那群可惡的鳥兒們救了我，所以我才該謝謝你們。好了！我該走了。地球之子，祝福你們早日救出你們的朋友們，平安回到家。」說完，虹就瀟灑地轉頭踱步離去，只留阿提斯、黑鷹、保羅三個人在原地。

阿提斯抬頭望向面前的大山，全是赤裸裸地岩壁，看起來連個適合站立的地方都沒有，他獨自喃喃：

「連個著力點都找不到，該怎麼往上爬？」

「我先來吧！好歹我以前也是攀岩社的一員，比較會找地方著力。黑鷹你在中間，阿提斯你墊後，我先用繩子將我們三個人串連成一線作爲初步的確保，以免其中哪個人掉下去，你們就順著我的腳步往上爬。」保羅邊說著，邊將手中的繩子打上一個個繩結套在自己與黑鷹、阿提斯的身上。

在確認所有人都做好準備以後，保羅將繩索的一端套上一把在苡娜送的包袱裡找到的尖刀，用力的往上一抛，讓它穩穩地卡在岩壁上一處縫隙中，再施力往下拉一拉確認穩固之後，便扶著岩壁徒手向上攀爬。

剛開始可能是因爲岩壁是屬於類似頁岩的關係，所以攀登起來並沒有想像中的困難，漸漸地當他們上升到一定的高度之後，除了岩壁變得光滑難以有著力點之外，來自四面八方的冷風吹在單薄的身上更感覺到刺骨的寒意。

忽地一陣風吹過，哥哥威廉的身影顯現在保羅眼前，只見他憤怒地指向保羅奚落著：你這沒用的東西，這麼一點小山也爬不了，還爬的這麼慢，你到底活著要幹嘛？

保羅害怕地用力閉上眼睛，再次張開後，威廉的身影又不見了。

這時他才知道那是威廉的幻影，不是眞的。

突然又有一陣風從另外一邊吹過，沒有攀登經驗而感到極爲焦慮的黑鷹一個不小心踩空了腳步，整個人懸吊在繩子上。

「啊！啊！救我！」黑鷹大叫。

「黑鷹，冷靜。別怕，你身上的繩子也綁在我身上，我會撐住你。你先放輕鬆，慢慢拉著繩子邊回來抓住岩壁。」保羅用著冷靜的口吻對他說。

但是，就在這個時候，威廉的身影又出現在他面前，嘲笑著他：你這沒用的人，連朋友都救不了，活著還有什麼價值？

保羅氣得對著威廉大喊：

「你閉嘴！我救得了他。」

當他一喊完，那幻影也跟著消失不見了。

聽從保羅的建議，努力將自己邊回來、緊抓山壁的黑鷹，聽到他的大吼，狐疑地看著他：

「保羅，你在跟誰說話？」

「喔！沒有，我沒事。」保羅趕緊否認，他知道剛剛奇怪的行爲嚇到了黑鷹，因此連忙跟他說自己沒事。

走在最後的阿提斯，看到這個狀況開口說：

「保羅，如果你累了，就跟我們說，我們休息一下再往前走。」

保羅想了一下且查看了四周的環境：

「好吧，我們爬到我的刀卡住的地方休息一下。」

所有人毫無猶豫地同意這個提議，有志一同的往那把刀子的方向爬去。

等他們爬到尖刀卡住的地方附近，發現那裡正好有一個突出的小平台，可以讓他們靠在岩石的邊緣休息一下。

首先站上平台的保羅伸手拉住黑鷹和阿提斯，協助他們爬上平台。

三個人背靠著岩壁大口喘著氣，眼前是一望無際的草原，空曠到可以看向遠方，那看似地平線的邊際，清楚地將天空與大地畫爲上下兩個部分，一抹淡淡的橘紅在天際邊緣渲染開來，增添一些色彩，如此壯闊的景色是他們從未見過。

可是，若低頭往下看，那看似探不到底的高度則是讓人心生畏懼、雙腳發軟。

「不要再低頭，再看就爬不上去了。」保羅看到好友們正低頭察看，好心地出聲勸告。

黑鷹連忙閉上眼睛，不敢再看。

阿提斯則是轉頭問他：

「保羅，你還好嗎？剛剛是怎麼了？」

保羅聳聳肩：

「我也不知道。剛剛威廉的身影突然出現在我眼前，開口數落我，我一時氣不過才吼回去。」

「可是，威廉是不可能出現在這裡的。」黑鷹說，他知道保羅的大哥威廉總是對他酸言酸語，態度十分惡劣，常常讓保羅感到自卑。

保羅垂下頭：「我知道。」

「難道是高山症發作？」阿提斯說。

保羅搖搖頭否認：

「應該不是，我並沒有感到其他不舒服的地方。」

黑鷹鬆了一口氣：

「那就好。保羅，如果你任何覺得不對勁的地方，一定要跟我們說，我們隨時可以停下來休息，沒有關係的。」

他點點頭：

「沒問題。走吧！我們繼續往上爬，必須在天色完全暗下來前到達山巔，不然就麻煩了。」

「好，走吧！」阿提斯和黑鷹都同意他的看法。

保羅將原本卡在石縫中的尖刀用力拔下，抬頭搜尋著上方岩壁適合作爲定點確保的地方，然而，越是上方的岩壁越是光滑，很難找到合適的隙縫。

最後，他看到一顆石頭獨自突出在岩壁外，心裏想也許可以將繩子套在那石頭上，保羅取下原本綁在刀柄的繩索，將它重新繞城一個雙套結，用力往上一丟，可惜，這一丟並沒有成功，失去重力的繩圈掉回他們的身邊。

保羅，又試了一次，但是週遭的風實在太大了，將繩圈再次吹落。

「我來試試看吧！」阿提斯接過繩圈。

他觀察了一下週遭的情況，選擇在風勢比較小的時候出手，很幸運地繩圈穩穩套上了岩石，他往下拉了拉繩索確認其穩固，才將繩索綁回保羅的身上作爲確保。

「好了，我們可以繼續行動了。」阿提斯說。

「謝謝你，阿提斯。」保羅說。

阿提斯舉手在他的頭上揉了揉：

「別那麼客氣，你可是我兄弟！」

保羅笑著躲開他淘氣的動作，心裏卻覺得十分感動。是啊！他們可是比親兄弟還要像家人的隊友們，總是在自己最沮喪的時候安慰著自己，支撐著自己有勇氣繼續向前。

他調整了一下繩索之後，收斂心神專注地繼續向上攀登。

越接近山頂，明顯感覺到周遭的氣溫不斷下降，而來自四面八方的強風更是毫不留情地刮過裸露在外面的肌膚，產生莫名地刺痛，緊抓著岩壁的手指早已被尖銳的岩石劃得傷痕累累，疼痛讓每往前一步都是一種折磨。

迷濛間保羅似乎又看到威廉的身影出現在眼前，凶狠地數落著他“你這沒用的人，活在這世上除了浪費糧食還能做什麼？我看，你們教練是瞎了眼或是善心人士，才會讓你這沒用的人進到球隊裡，你自己說說看你能為你的球隊做出什麼貢獻？不就是顆絆腳石嘛！」

「不！不是的！你閉嘴！」保羅嘶吼著，有些失去理智的他，分不清現實與虛幻，莫名暴怒地狂喊著。

爬在後方的阿提斯情況不太對，想要加速繞過黑鷹身邊去查看保羅的狀況，但無奈在狂風肆虐下，他們要穩住自身已經是件難事，再加上光滑的岩壁上幾乎找不太到更合適的著力點可以攀爬，所以他只能大聲朝著保羅喊著：

「保羅，清醒點，集中精神爬山。」

然而，風吹散了他的呼喊，他的聲音絲毫沒有傳進保羅的耳裡，可憐的保羅就這麼陷進那莫名的幻境中，不自覺低頭想要躲避威廉責罵的他，意外卻看到走在他身後的黑鷹與阿提斯，似乎因為周遭下降過快的溫度，已經失去了意識，兩個人只依靠著他身上的繩子懸吊著，情況十分危急。

一心只想拯救朋友的他，突然間加快了向上攀爬的速度，心裡想著如果能快一些到達山巔，說不定還有機會可以救回他們兩個人。

也因為這樣，保羅開始忽略耳邊不斷迴響的責罵聲，將所有心神灌注在攀爬這件事情上。

這一加速，苦的就是跟在後頭的黑鷹與阿提斯，完全不清楚保羅狀況的他們，只能盡全力跟上他的速度。

沒有攀登經驗的黑鷹，還因爲好幾次跟不上速度而踩空，被懸吊在半空中，靠著阿提斯利用身上連結的繩子拉回原路。

終於，保羅率先抵達山巔上的平台，他小心翼翼地將吊掛的黑鷹與阿提斯拉上來，平放在身邊的地面上。

他搖晃著懷中的黑鷹大聲說：

「阿鷹，阿鷹，別睡了，快醒醒！快醒醒！我們到了！我們到山巔了。」

「保羅、保羅，放開我，我沒事。」黑鷹用手推著他說。

但是，保羅像是獨自活在他的世界裡一般，完全沒有聽到黑鷹說的話，反而更加用力地緊抱住他。

被他抱住快不能呼吸的黑鷹，猛地推開保羅，用力地甩了他一個巴掌。

「保羅，你醒醒！我沒事。」

突如其來的疼痛刺激到保羅，將他從迷濛中帶回現實，他眨了眨眼看清黑鷹與阿提斯正完好地站在面前，什麼事也沒有。

「你們醒了？」保羅指著他們有些困惑地說。

「我們原來就好好的，根本一點事也沒有。倒是你，你是怎麼了？最後，爬得那麼快，黑鷹都被你甩出去，我的腰都快被你拖得勒出痕來了。」阿提斯說。

保羅搔搔頭說：

「我以為、我以為，你們已經失溫且失去意識，所以想說趕快爬上來，幫你們急救……。」

「我想，那是你看到的幻影，就跟威廉的身影一樣。」黑鷹想了想說。

「可能是吧！對不起耶！」保羅有些不好意思地說，他明白因為他無故加速而讓好友們吃了不少苦頭。

「沒關係，你沒事就好。還好，我們都平安地爬到這裡了。」阿提斯寬容地說

黑鷹則是鬆了一口氣：

「呼！眞是不容易啊！」

「也是。我們快來找找，玫瑰沙漏會在那裡吧！這裡眞是冷死人了。」阿提斯拉了拉身上的披風裹緊自己說。

在場沒有一個人反對這項建議，而四處張望了起來。

環顧整個山巔，只有空曠兩個字可以形容，白茫茫地雪花覆蓋整座山頭，讓人分不清東西南北。

還好，他們有黑鷹的荷魯斯之眼，依著祂所綻放出的光芒，阿提斯、黑鷹與保羅小心翼翼地踩在鬆軟的雪地裡，最終在他們眼前出現了一座由石頭砌成且高度跟人一般高的三層石塔，

而且它的形狀極爲特殊，並不是四方柱而是形成三角錐狀。

「這裡怎麼會有如此雄偉的石塔，還是呈現三角錐狀？」阿提斯驚歎道。

「呵呵呵，做得好，孩子們。恭喜你們終於找到珍藏玫瑰沙漏的石塔。」魚龍先生的身影突然出現在他們三個人面前說。

「魚龍先生。」黑鷹叫喚。

「黑鷹，你好啊！沒想到，你們竟然可以走到這裡，眞是太厲害了。這一路上一定吃了不少苦頭吧！」魚龍先生說。

「是啊！眞是很不容易呢！」保羅回憶起一路上種種的一切，每一幕都讓人記憶深刻。

「現在，你們只剩最後一步可以拿到玫瑰沙漏了。這石塔總共有三個面，你們各自要貢獻出在這趟旅途中收穫到最珍貴的寶物，將它放在石面上。如果你們拿出來的寶物是被石塔所接受的話，石塔自然而然會將寶物嵌入其中形成圖騰，等到三個圖騰都齊全了，石塔就會打開讓你們取得賜予幸福的玫瑰沙漏。」魚龍先生緩緩地說。

「那三件寶物是什麼呢？」阿提斯有些困惑地問魚龍先生。

魚龍先生攏了攏下巴的鬍鬚：

「呵呵呵，那就要看你們覺得在這趟冒險中的到最珍貴的東西是什麼啦！呵呵呵，祝你們好運，可愛的孩子們。」

當他的話音落下時，魚龍先生的身影也消失在他們面前，只留下阿提斯、黑鷹、保羅面面相覷地相互看著對方。

「最珍貴的寶物？那是什麼？」阿提斯努力地在腦海中思索著。

如果要說這趟旅程中最重要的指引，莫過於魚龍先生的忠告了，要不是祂總是毫無保留地回應他，在關鍵時刻提供珍貴的指引，他們根本到不了這裡，所以他真的很感謝也很信任魚龍先生。

那感激之情在阿提斯的心中滿溢，不知不覺地從他的眼睛裡流出一滴淚，阿提斯無意識地用手將眼角的淚甩出，那滴淚正好落在石塔上，在其中一個平面忽然自動刻畫出類似水紋的圖騰。

阿提斯指著那水紋圖騰激動地說：

「你們看，已經有一個圖騰出現了！」

其他兩個人連忙跑向前去觀看，在石塔的其中一面上，真的出現水紋圖騰，激勵著他們繼續思考各自獲得的寶物到底是什麼。

最珍貴的寶物？黑鷹突然想到隱藏在胸前的聖火權杖，烏帝是守護聖物的其中一位守護者，那聖火權杖應該就是其中之一吧！

因此，黑鷹在心中默默地召喚著聖火權杖，讓祂出現在自己的掌心。

當聖火權杖出現在黑鷹的手上時，保羅好奇地問：

「這是什麼？看起來好精緻。」

「這是代表愛和希望的聖火權杖。」黑鷹一邊回答他，一邊將權杖貼近其中一個石面。

果然，權杖自動嵌入石塔中，化爲火焰形狀的圖騰。

「太好了，我們又找到了一個。」阿提斯高興地說。

「那我所獲得寶物是什麼呢？」保羅自言自語著，眼看其他兩個人都找到正確的寶物，但是自己又有獲得什麼呢？

保羅想破了頭，怎麼也想不出來。

他暗地裡責怪起自己：保羅，你這個笨蛋，怎麼會想不出來呢？你果然是個無用的人。

站在他身旁的黑鷹，看出他的不對勁，輕聲對他說：

「保羅，是不是苡娜給的那把尖刀啊？」

「對耶，我來試試。」

經過黑鷹提醒的保羅，連忙將尖刀靠近沒有圖騰的那面石牆上。

可惜，石牆一動也不動，等了許久也沒有任何反應。

「不是這個？可是，我也沒有獲得其他的了……。」保羅看著眼前平滑的石牆，沮喪地說。

從剛剛就在旁邊觀看的阿提斯說：

「你不是還有魚龍先生給的心之鑰？」

「對喔！那我來試試看。」保羅深吸了一口氣，整理一下自己的情緒，就在此時，跟獨角獸們一起玩耍的快樂時光出現在他的腦海中。

嗯！這些美好的記憶也是這趟旅程最珍貴的寶物。

他一面想著這些美好的回憶，一面將掌心貼近石牆。

果然，一個愛心形狀的圖騰出現在石塔上。

「成功了！我們成功了！」三個人看到圖騰都出現在石塔上，開心地圍成一個圓圈歡呼著。

突然，整片土地震動搖擺了起來，讓他們站也站不穩，剎那間從石塔頂端朝著他們所在之處裂出一條縫，那縫隙越裂越大，終究將他們三個人同時吞沒。

在他們掉進去之後，那縫隙又漸漸自動靠攏，光滑無痕的石塔重新豎立在山巔上，彷彿剛剛驚天動地的一切從沒有發生過，只有狂風帶起片片雪花重新將山巔上的石塔覆蓋起來，掩飾著所有留下的曾經。

第八章 收穫·花

意外跌入裂縫中的阿提斯、黑鷹與保羅，非常恐懼、害怕，緊張地用力閉起雙眼準備迎接即將撞到地面的巨大疼痛。

然而，他們等了很久，並沒有任何預期中的疼痛，反而覺得自己正被一陣上升的氣流穩穩托住，像根羽毛般在空氣中緩緩飄盪。

好奇的黑鷹試著張開自己的眼睛環看周圍，他發現整個人變得十分輕盈，正在這空間中滑翔。

「阿提斯、保羅，你們看，我們在飛耶！我們在飛耶！」這個發現讓黑鷹非常開心，他張開雙臂模仿著老鷹在天空中翱翔的樣子，快樂地半空中翻著跟斗。

聽到黑鷹呼喚的阿提斯與保羅，也跟著張開緊閉的眼睛，低頭看著自己飛翔的樣子感到十分驚奇。

保羅驚訝地說：

「對耶！我們在飛耶！」

「這眞是太好玩了！」阿提斯學著黑鷹的動作，也在半空中翻轉身體、甚至是左右快速旋轉著。

三個人在半空中玩了起來，一會兒翻滾、一會兒在空中轉來轉去，感受那一份難得的自由自在。

原來，鳥兒在天上飛翔是這樣的感覺啊！

唯一不同的地方是他們只能往下滑翔，無法向上飛揚，即便如此，也讓他們感到開心愉悅。

隨著越接近下方的地面，他們越能看清地面上神奇的景色。

地面上是一座被細心照顧的庭院，裡面種滿了夢幻般的開花植物，其中最引人注目的莫過於其中一種整株植物呈現透明、輕柔的花朵，這獨特的花朵幾乎種滿整個庭園。

阿提斯、黑鷹與保羅緩緩地降落，讓雙腳踩踏在地面上，小心翼翼地不去碰壞任何一株植物。

黑鷹蹲在某一朵花旁邊，仔細地觀察著，那透明的花朵看起來非常神奇，連花瓣都是透明的，所以可以輕易地看到花心，且每朵花都隱約閃爍著不同顏色的光芒，讓整座花園看起來格外繽紛燦爛。

「這裡也太美了吧！」保羅看著眼前的花朵感嘆著。

「真的，好夢幻啊！」黑鷹應和著。

「你看！這朵花會發出的光是粉紅色的耶！真可愛！」保羅說。

阿提斯也蹲下來瞧了瞧眼前的花朵：

「你猜這些花會不會是假的？其實只是霓虹燈，不然，怎麼可能會這麼漂亮！」

黑鷹伸手小心翼翼地觸碰了一下眼前的花瓣，感受到它柔軟的觸感：

「應該不會是假的吧！這花瓣摸起來這麼真實、柔軟，怎麼可能會是假的。」

阿提斯聳了聳肩：

「這也說不定。」

忽然，一陣七彩閃爍的光芒，穿透過叢叢矮樹林，引起了阿提斯的注意。

「那是什麼？怎麼會有那麼漂亮的光芒？走，我們去看看。」說完，他引領著其他兩個人朝著那道光芒而去。

走沒幾步路，就發現他們似乎走進一個迷宮花園。

這個迷宮花園是由雕修得非常精細的灌木叢所組成，樹籬的高度差不多跟他們的身高一樣，只能從樹叢中隱約看到花園的中央似乎有座裝飾典雅的涼亭。

興奮的保羅衝到第一個，帶著阿提斯跟黑鷹在迷宮裡繞來繞去，他最喜歡走迷宮了，超刺激的！

阿提斯邊走邊說：

「花園的中央似乎有座涼亭，剛剛我們看到彩色的光，似乎就是從那迷宮的中央發出來的。」

「這樣啊！可是我們還是得先從這些曲曲折折的步道中繞出來。前面又沒路了，回頭回頭，走別條路吧！這裡沒路了。」聽到走在前面的保羅說後，黑鷹與阿提斯毫不猶豫地轉過身，順著原路走回剛剛轉彎處，往另外一邊走。

不久之後，又遇到另一個雙岔路，站在岔路口的黑鷹回頭問其他兩個人：

「所以，該走左邊還是右邊？」

「嗯，右邊好了。」保羅說。

三個人毫無異議地轉向右邊轉，繼續往前走，接著又遇到一個岔路。

「好了，現在該走哪條路呢？」黑鷹看向眼前的岔路顯得有些不知所措，他最不擅長走迷宮了，自認路痴的他沒什麼方向感，因此，最怕遇到這種景色相似而且有許多叉路的地方了，根本分不出來哪裡是哪裡。

「來丟硬幣好了。正面是右邊、反面是左邊。」阿提斯建議著。

「好喔！這眞好玩。」保羅快樂地掏出一枚硬幣往上一拋，掉落在地面上的硬幣出現的是反面。

「嘿，這一次是走左邊。」保羅撿起硬幣、拖著黑鷹與阿提斯往左走，走著走著他們遇到了一排樹籬牆阻擋在面前。

阿提斯搖搖頭：

「看來不是這邊呢！」

他看著眼前的樹籬，嘆了一口氣轉頭就往回走，回到剛剛那個有岔路的地方。

這次，他選擇走向另外一邊，順著樹籬往前走又走了好一段路，竟然開始出現由樹籬組成的彎曲道路，使得他們不得不在裡面彎來轉去。

「天啊！這要轉到什麼時候，我頭都暈了！」黑鷹舉手扶住他的額頭，連續的轉彎眞讓他有些不舒服。

阿提斯有些擔心地看著他：

「你還好嗎？不然，我們休息一下好了。」

三個人停留在一個角落，隨意的席地而坐。

「來，喝口水。」保羅掏出包袱裡的水壺先喝了一口，遞給了黑鷹。

黑鷹仰頭喝了一口，又將它傳給了阿提斯。

「這迷宮還眞大，走了這麼久，竟然還沒有走到涼亭，也不知道我們走的方向對不對？」

保羅說。

阿提斯附和：

「對啊，明明涼亭看起來好像很近的樣子，可是怎麼走了這麼久。」

「不論對不對，我們也都只有這一條路可以走了。」黑鷹說。

保羅聳聳肩：「也是。不過，這眞好玩。」

「好玩，我都被這曲折的小路繞得頭都暈了！保羅，你果然有顆赤子之心。」黑鷹說。

「嘿嘿，黑鷹，別那麼嚴肅嘛！放輕鬆一點，反正我想我們應該快到了。」保羅安慰著他說，黑鷹抬頭對著保羅微笑，感激他的鼓勵。

阿提斯抬頭望向上方，層層類似像雲朵的物品漂浮在空中遮蔽了視線，已經看不到方才掉落下來的洞口了。

這又是什麼地方呢？他心裡想著。

然而，這次魚龍先生的身影並沒有顯現，回答他的問題，應該是因爲剛剛他已經將祂放在石塔上了，他想。

「現在開始，眞的就只能靠自己了。」阿提斯小聲喃喃自語著。

「阿提斯，你說什麼？我沒聽清楚。」黑鷹問。

阿提斯轉頭面向黑鷹：

「我說我們現在開始，就只能靠我們自己了。我剛剛試著召喚魚龍先生，但是他的身影並沒有出現……。」

保羅自信地說：

「靠自己就靠自己，沒關係。我相信靠我們自己也是會成功的。黑鷹，你好一些了嗎？我們可以繼續探險了嗎？」

「嗯，我好多了。走吧！」黑鷹說完便起身準備繼續向前，經過剛剛短暫的休息，感覺頭不會暈了。

還好，沒走多久，他們就從左彎右拐的路走出來，前方是一條筆直的道路，兩旁高大的樹冠在他們頭的上方相互交叉，將這條路營造出有種隧道的感覺。

「你們說，這像不像我們當初走的地道？」保羅邊走邊回頭問著另外兩個人。

黑鷹點點頭說：「有喔，有那種感覺。」

茂密的樹冠在頭頂上方不斷交織生長著，遮蔽了許多光線，使得四周陰暗許多，就像是一條由樹組成的綠色隧道一般。

越往裡面走，樹叢的高度逐漸變低，直到他們必須屈著身子、手腳並用貼在地面上爬行。

在爬行的同時，兩旁濃密的樹叢上開著一朵朵細微且會發亮的小花，就像是黑夜裡穿梭停留在草叢中的螢火蟲，十分美麗。

「這裡的花都會發光耶，好夢幻喔！」保羅驚嘆著，他一邊向前爬著，一邊欣賞著兩旁美麗的花朵，覺得非常神奇！

終於，他們爬出了由樹組成的地道，來到涼亭前面。

朝著涼亭裡望去，才發現剛剛那道彩虹般的光是來自一朵還未綻放的花苞，從花苞中央隱隱向四面八方閃爍著，而在那未綻放的花瓣中看起來鼓鼓地，似乎包裹著什麼。

可惜的是，那朵花的周遭圍繞著一圈又一圈矮小的樹叢，從涼亭中央一直延伸到外面，讓他們無法輕易地靠近。

阿提斯指著那朵花：

「這一朵花好特別，看不穿花朵內部，我們來猜猜看，那裡面有什麼？」

「拇指姑娘？」保羅開玩笑地說。

「那也太童話了吧！我想也許它是一朵會吃蟲的花，那鼓起來的地方是一隻剛被吃掉的小蟲？」阿提斯說。

黑鷹拍拍他的肩膀：

「阿提斯，這也太恐怖、現實了，一點也不浪漫。」

「不能怪我啊！我們剛剛經歷了那麼多不可思議的事，我現在看到任何植物都會直接聯想到荒謬森林裡的哪些生物，想想都可怕。不然，你說裡面有什麼？」阿提斯有些不服氣地說。

黑鷹摸摸下巴思考著：

「也許，我們要找的玫瑰沙漏就在裡面。」

「如果是這樣就好了。黑鷹，你眞有想像力。眞希望它現在就能開花，讓我們瞧瞧裡面有什麼。」保羅感嘆地說。

那朵花似乎聽到他的祈願，慢慢綻放開來。

隨著花瓣綻放，炫麗的七彩光芒與芬芳的香味也隨之散發到整個空間的每個角落。

「哇！這也太美了！」他們張大嘴讚嘆著。

當所有花瓣打開後，一個像是沙漏的物品漂浮在花朵的中央。

「那該不會就是玫瑰沙漏耶吧！」保羅和黑鷹高聲驚呼著。

阿提斯激動地大叫：

「我們找到了！我們找到了！我們眞的找到了！巴特教練他們有救了！」

保羅拉長手臂想要去拿，可惜距離實在太遠，根本拿不到，他忍不住困惑地問：「可是，它離我們這麼遠，我們要怎麼拿到它呢？」

阿提斯看著周圍的樹叢：

「這些矮樹叢佈滿了尖刺，而且長得十分繁茂，我們很難穿過去……。」

聽到阿提斯這麼說，讓三個人陷入了長長地思考。

「我們走不過去，難道要叫它自己飛過來？別開玩笑了……」保羅說。

讓祂自己飛過來？黑鷹低頭考量著這個可能性，他突然記起曾經使用過咒語召喚聖火權杖，也許可以現在也可以用咒語將玫瑰沙漏召喚過來。

他試著收斂起心神，專注地念起記憶中召喚的咒語。

然而，玫瑰沙漏依然停在花中央一動也不動。

難道召喚咒語對沒玫瑰沙漏起不了作用？黑鷹在內心思考著。

「黑鷹，你在做什麼？」保羅問。

「就我所知道，聖物通常會自己找到主人，一定要是祂們認定的主人才會跟他走，而且你剛不是說要讓祂自己飛過來？所以，我在試著用咒語召喚玫瑰沙漏，看有沒有可能能移動祂？」黑鷹說。

「結果呢？」保羅問。

「結果，目前看起來，召喚咒語似乎對祂是沒有什麼作用。」黑鷹回答。

「那怎麼辦？我們好不容易來到這裡，該不會我們之中沒有任何人是祂的主人吧……？」保羅說。

「別這麼悲觀。」阿提斯說，他低頭想了想說：

「不如我們三個人同時召喚看看？」

「這也許是個好方法。黑鷹，你來想想我們該怎麼做比較好？還是我們應該學會召喚的咒語怎麼念？」保羅同意。

黑鷹點點頭同意，先教起他們召喚咒語的唸法。

接著，他想了想，從懷裡掏出的一大塊布，那塊布大約像是個野餐墊一樣大小，他將布在地上攤開來放好，上面用黑色的線條畫出許許多多複雜的符號，似乎有顆星星在裡面。

「這是什麼？」保羅問。

「這是七芒星圖騰，臨出門前姆姆突然塞給我的，聽說，七芒星圖騰可以召喚天使或是惡魔。但是，如果沒有畫好，反而會有嚴重的後果。因此，姆姆特別給我一塊以前先祖畫好的，讓我需要的時候可以拿來用。」黑鷹說。

「用七芒星法陣召喚？可是，有人說這個星陣很危險，一般召喚者的結局會很慘……。」阿提斯提醒。

「可是，祂可以加強我們召喚的力量，而且我們是為了召喚可見的玫瑰沙漏，不是天使或是惡魔那些無形的東西，危險性相對會比較小。為了拿到玫瑰沙漏，我們也只能冒險試試。」黑鷹說。

「說的也是。」阿提斯聽到黑鷹這麼說，勉強同意他使用這法陣。

接著，黑鷹示意他們三個人都站在七芒星法陣的正中央，讓阿提斯站在他的左後方，保羅則站在他的右後方，三個人呈現一個正三角形的狀態，且各自伸出一隻手搭在他的肩膀上。

「你們將力量集中到我身上，由我負責向玫瑰沙漏發出召喚，邀請祂來到我們面前。」黑鷹說。

「好的，黑鷹。」阿提斯與保羅同時回答他，並且按照他所說的方式做。

面向玫瑰沙漏的黑鷹，握住掛在胸前的荷魯斯之眼，深深地吸了一口氣，再次回頭確認三個人都做好準備後，才開口：

「好，我們開始吧！先深吸一口氣、慢慢吐氣，深吸一口氣、緩緩吐氣，吸氣、吐氣，想像純淨的光籠罩全身，接收著來自宇宙無止盡的愛。敬愛的荷魯斯，我，黑鷹，衷心請求您的協助。請您以您神聖的力量，達成我內心的願望，召喚玫瑰沙漏前來。神聖的荷魯斯，我誠心祈求您的眷顧，祈求您的幫助達成我內心的願望，召喚玫瑰沙漏前來，我是與祢立下約定的黑鷹，乞求您的協助、乞求宇宙的協助。」

接著，他與阿提斯、保羅同聲唸起召喚的咒語。

當召喚的咒語聲響起時，在七芒星法陣之外突然刮起陣陣狂風，將四周的灌木叢連根拔起，任其在空中狂亂飛舞著。

然而，這突如其來的暴風絲毫沒有影響到在法陣中央的他們，涼亭中的花朵與玫瑰沙漏。

許久，就在一連串的咒語聲暫歇，玫瑰沙漏忽然慢慢從花芯中央脫離，飄浮道半空中，緩緩朝著黑鷹他們三個人的方向飛了過來，最後，穩穩停在他的掌心上。

周圍狂暴的氣流突然停止，一切靜止。

黑鷹看著豎立在手中的玫瑰沙漏開心地說：

「成功了！成功了！我們成功了！」

「這下子，我們終於可以回去救巴特教練、法蘭斯跟尼克！」阿提斯高興地說。

「我們終於有希望可以回家了！」保羅與高采烈地手足舞蹈了起來。

三個人開心的看著對方，因爲他們知道回家的路不遠了。

接著，他們仔細地打量起眼前這個得來不易的玫瑰沙漏。

「哇！祂看起來眞是太漂亮了！」保羅讚嘆道。

「果然是聖物，這精緻度眞是令人難以置信。」阿提斯左右仔細看了看眼前的玫瑰沙漏。

它的大小約只有一個成人手掌般，外面是由類似黃銅材質雕製而成的框架，將上下兩個水滴狀的玻璃瓶牢牢固定住，可以看得出來當初製作這沙漏的人，是極爲用心且看重這項創作。

更特別的是堆積在下方的沙堆，仔細看那些並不是一般的沙粒，而是一粒粒微小且晶瑩剔透的玫瑰花朵，隱約還可以聽到歡樂的笑聲從瓶中傳出來。

「這眞是難以想像的工藝，果然是神之作。」阿提斯說。

「拿著祂，無形中就有滿滿的幸福感湧上心頭，眞是太奇妙了！難怪，祂會被稱爲代表幸福的聖物，我們得好好保護祂，就像是守護眞正的幸福一樣。」黑鷹說。

「但是，我們有能力可以守護眞正的幸福嗎？」保羅說，看著如此精緻的聖物，他開始有些擔心自己的能力不足以保護祂，讓祂受到傷害或是被破壞。

阿提斯說：

「也許~~，以前的我們可能沒有足夠的能力，可以守護眞正的幸福。可是，經過這一段時間，走了那麼漫長而艱辛的路程，經歷了那麼多挑戰跟鍛鍊，我相信我們已經具備有足夠的能力可以守護幸福。我想，你應該也有察覺到你自己跟以前有所不同吧？保羅。」

黑鷹附和：

「對啊，而且我從來沒忘記，那曾經許下的誓言，我無論如何都要守護愛與幸福，既使要付出我所有的一切。」

「跟以前的自己有所不同？」保羅低頭看看自己，現在的自己跟以前有什麼不一樣嗎？身材是瘦了一點，手腳上也多了一些傷痕，在面對困難時，似乎是比較知道自己什麼事是可以做得到，多了一些自信，保羅心裡想著。

阿提斯看著保羅猶豫的樣子，開口鼓勵他：

「保羅，別忘了，如果不是你的堅持不懈與勇氣，黑鷹跟我可能還沒辦法攀到山顚，所以，你遠比你想像中的更有力量。況且，還有我們呢！我們三個人都能成功來到這裡，獲得玫瑰沙漏，一定也可以守護祂的。」

保羅認同地點點頭：

「你說的也是。我們好歹也是球隊裡不可或缺的黃金金三角呢！」

「太好了，眞高興你想通了，不愧是我兄弟。」黑鷹用另外一隻沒有拿沙漏的手，摟了摟保羅的肩膀說。

「接下來，就是把玫瑰沙漏帶回去，向伊萊絲公主與冷執事覆命，把教練他們拯救出來。但，要怎麼把這沙漏帶回去呢？這看起來是如此容易破碎……」阿提斯說。

正當他們開始煩腦的時候，從沙漏的下方伸出八片柔軟的花瓣，順著瓶身向上延伸，把整個玫瑰沙漏脆弱的地方毫無空隙地包覆起來，又回復到當初那個花苞還沒有綻放的樣子。

黑鷹驚訝地看著這一幕：

「這也太神奇了吧！祂竟然把自己打包好了。」

接下來，更神奇的一刻展現在他們眼前，那朵包覆著沙漏的花苞，突然消失在他們眼前，而同時三個人感到有個東西鑽入自己的手臂，低頭一看，在手臂上出現了一個玫瑰沙漏的圖騰。

他們試著將有著玫瑰沙漏圖騰的手掌疊放在一起，那花苞又自然地顯現在他們面前，一撤手，花苞就跟著不見了。

而且，他們試過一定要三個人的手掌放一起，玫瑰沙漏才會現身，單只有兩個人或是只有一個人的話，玫瑰沙漏是不會現形的。

「我想，這跟玫瑰沙漏同時選擇我們三個人成爲祂的守護者有關，所以一定要我們三個人同時召喚，才能請祂現身。」黑鷹想了想說。

「這太好玩了！而且超級方便的！」保羅開心地說，這下子他一點也不擔心再回去的路途中，會造成玫瑰沙漏有任何損壞了。

黑鷹蹲下來，將鋪在地上的七芒星法陣圖折起來，仔細收進懷裡，再次感受到姆姆對自己的關愛與保護，如果不是姆姆，他們無法如此順利地到達聖地、取得玫瑰沙漏。

不知道姆姆現在怎麼樣了？眞想趕快看到她。黑鷹獨自在心裡想著。

「嘿！你們瞧，眼前的樹叢看起來好像不太一樣，是我眼花了嗎？」保羅指著眼前的樹叢說，他本來已經準備想要鑽進原本的樹洞爬回去，但是，他察覺到面前的樹叢似乎有些變化，變成某種生物的表皮。

只見原先圍繞成迷宮的樹籬，慢慢化爲一條橫躺在地上巨型長龍。

原來這些看似生長繁盛的樹籬並不是眞的灌木叢，而是一條沈睡千年的長型飛龍，祂巨大的身軀卷曲著平貼在地面上，形成彎彎繞繞的迷宮。

被這出乎意料的場景驚嚇到的阿提斯、黑鷹與保羅連忙後退，不知所措地聚集在一起。

剛甦醒的巨龍立起前半個身體，揚起頭朝著天空噴出熊熊烈焰。

「呼！睡得眞舒服。我看看啊！到底是誰召喚我巨龍？喔！原來是脆弱的地球之子，柔弱的你們怎麼有能力可以召喚我呢？眞奇怪，不過，你們召喚我有什麼事啊？」噴完火焰的巨龍，低下頭來對他們說。

阿提斯驚訝地指著他：

「你．你．你會說話？龍會說話？」

「呵呵呵，當然。我可不是普通的龍，我是傳說中專門守護幸福的光之行者，也就是所謂的龍族，所以，簡單的地球語還難不倒我。」巨龍自豪地說。

「所以，你是負責守護玫瑰沙漏的守護者？」黑鷹問。

聽到黑鷹的詢問，巨龍陷入回憶：

「是啊，很久很久以前，我跟亞瑟國王立下約定，要幫他守護保存他與王后所有歡樂幸福時光的玫瑰沙漏。因此，我在這裡駐守了千年，要不是你們剛剛你們召喚了玫瑰沙漏，而且還準備帶走祂，我也不會醒來。親愛的地球之子，你們說，你們到底要拿玫瑰沙漏去哪裡？」

巨龍裝作兇狠地對著他們大吼。

阿提斯恭敬地回答：

「巨龍先生，我是阿提斯，這位是黑鷹跟保羅。我們是同一個球隊的隊員，本來巴特教練要我們進來樹洞，是要訓練我們。誰知道，出人意料之外的事遇到伊萊絲公主與她的僕人冷執事，他們設下陷阱抓走我們的教練跟其他兩個隊友，以他們的命要脅我們，一定要拿玫瑰沙漏回去交換。所以，我們不得不要借用玫瑰沙漏去救出我們的朋友。」

「是伊萊絲啊！這女人也被寵得太不像話了，不去踏踏實實地追求、體驗自己的幸福，總是想要窺探別人的美好時光，現在還用上了綁架脅迫的不良手段，真是越大越不中用。」巨龍有些生氣地說。

「巨龍先生，你認識伊萊絲公主啊？」黑鷹問。

巨龍沒好氣地說：

「當然認得！我可是從小看她長大，直到後來國王發現她不正常的心態，總想要偷取玫瑰沙漏，著迷於每個幻影。許多次之後，國王實在受不了她的行爲，也怕她會破壞玫瑰沙漏，私下要我帶著玫瑰沙漏離開，我才會帶著玫瑰沙漏躲藏到這裡。沒想到，她對玫瑰沙漏是如此執著，終究還是派人出來搜尋玫瑰沙漏的下落。」他停了下來，繞著黑鷹左看右看了一番：

「嘖嘖嘖，我想說普通的地球之子怎麼會有能力施行召喚術，而且還得到玫瑰沙漏的回應。原來你是白女巫的後代啊！身上還帶有荷魯斯之眼跟七芒星法陣，看來白女巫很看重你，幾乎把所有可以保護你的寶物都塞到你身上了。不過，你自己也很努力且節制，並沒有亂用這些寶物，很好，很好。這也讓我想起以前白女巫一起生活的日子，她最近好嗎？她怎麼沒有跟你一起來呢？」

黑鷹聽到巨龍的詢問，有些遲疑地回答：

「您是說姆姆嗎？姆姆最近的身體不太好，尤其是眼睛越來越看不見了……，而且一開始我以爲只是單純進來受訓，並沒有想到會遇到冷執事、伊萊絲公主跟後面的那些事情……。」

巨龍感應到黑鷹低落的情緒，也跟著有些悲傷而嘆了一口氣：

「唉，上來吧，地球之子們。讓我帶你們回去救出你們的朋友。既然玫瑰沙漏回應了你們的召喚，表示也是時候該回去將這件事情做一番了結，再這麼躲躲藏藏也不是辦法，總是要有人勸醒伊萊絲……。」

巨龍示意阿提斯、黑鷹、保羅三個人坐到祂的背上，搖擺著身軀飛上天際，剛剛他們落下的方向飛去。

坐在巨龍身上的阿提斯無意中低頭一看，下方原本閃耀的花朵，已經徹底消失無蹤，底下漆黑一片，再也看不到那美麗且夢幻的庭院。

「你們看，庭園不見了！」阿提斯說。

聽到阿提斯驚呼的巨龍笑著說：

「呵呵呵，你說什麼，這兒哪有庭園。你們看到所有會發光的花朵，是我身上的鱗片不是眞的花。」

「哪些不是眞的花？」保羅疑惑地說。

「你們也看過玫瑰沙漏其實是被包裹在一朵花苞裡，對吧？爲了要隱藏祂的存在，我的身軀幻化成迷宮裡生長茂密的樹籬，而身上的鱗片則是幻化爲會發光的花朵，來引開其他人的注意力，這樣比較不容易被人發現玫瑰沙漏的存在。」

聽完巨龍的解釋之後，他們三個人才恍然大悟，深切體會到巨龍先生那份遵從諾言、堅持守護的心意。

「坐穩了，我們要從山巓的洞口出去。」巨龍轉頭叮囑著坐在身上的阿提斯、黑鷹與保羅後，在穿越層層雲霧，最終自山巓的縫隙中一躍而出。

第九章 拯救·穴

你們猜，巴特教練、法蘭斯、尼克眞的是被冷執事關在像是潛水艙的玻璃帷幕裡嗎？

不，不是的。

雖然冷執事稱得上是賽蓮中的貴族，但是他的能力還不足以將任何人完全監禁起來。之前阿提斯、保羅與黑鷹看到的畫面，都只是冷執事製造出來的幻影，他大膽利用暗黑魔法所營造出一切，再搭配上一些藥物的效用，讓他們對於所看見的幻象深信不已。

最終目的不過只是爲了欺騙阿提斯、黑鷹跟保羅，使得他們能心甘情願地去找到伊萊絲公主所要求的聖物–玫瑰沙漏。

這些死孩子找個玫瑰沙漏是找到哪裡去了？怎麼這麼久都還沒有消息。

雖然，這段時間在巴特教練的陪伴下，公主的情緒明顯穩定許多，但也難保哪天公主如果突然想起來這件事而不會大發雷霆，那核彈般的怒氣可不是自己承受得起，可是得上哪去找那三個臭小子呢？冷執事心裡也沒有個準，他一邊幫伊萊絲公主準備餐點，一邊在心裡煩惱著。

「冷執事，巴特與孩子們的心點準備好了沒？差不多該送去給他們了，他們每天做那麼多訓練，可不能讓他們餓著……。」

一位身段妖嬈的女人，踩著高跟鞋，優雅地走進冷執事身後說。

冷執事連忙轉過身，單腳跪地恭敬地說：

「啓稟公主，餐點都已經準備好，隨時可以送去巴特教練與他的隊員們，絕對不會讓他們餓著。」

伊萊絲公主低頭檢查眼前擺放精緻的餐點，滿意地說：

「嗯，還不錯，看得出來，你是有用心的，很好。喔，對了，冷執事，那件事的狀況怎麼樣了？有沒有進一步的消息？」

冷執事害怕地低著頭：

「呃……，啓稟公主……很抱歉，還·還·還沒有……。」

伊萊絲公主緩緩蹲下身，用手輕輕抬起冷執事的頭直視著他的眼睛輕聲地說：

「嘖嘖嘖，我親愛的冷執事、小冷，一件這麼簡單的事，你也要拖這麼久還沒有完成，你引以爲傲的效率到哪裡去了呢？」

冷執事恐懼地全身都顫抖了起來，結結巴巴地說：

「對·對·對·對·對·不·起·公·公·公·主，對不起……」

伊萊絲公主抬手撫了撫冷執事的頭：

「呦，怎麼抖成這樣？連話都說不清楚了，別怕，別怕，冷執事，你要知道我可是爲你好，好心提醒你。畢竟，巴特教練的脾氣也不太好，如果他知道你弄丟了他三個心愛的隊員，你覺得他會對你怎麼樣？你沒忘記前幾天，他是怎麼對待那些低階的賽蓮吧？我勸你，可不要輕易惹怒他啊……。」

冷執事想起幾天前，被伊萊絲公主喚醒體內殘暴潛能的巴特教練，在訓練場上竟然徒手撕碎了賽蓮，只因爲幼小的牠們一時貪玩，誤闖入訓練場妨礙了訓練，那淒慘的死狀至今還殘留在他的腦海裡，讓他這幾天睡都睡不好。

冷執事連忙整個人趴跪在地上：

「對不起，對不起，公主，求求你，求求你，請再我一次機會，請再我一次機會。」

她站了起來，高傲地說：

「哼，看在這些年你也幫我做了不少事情的份上，這次就先原諒你。你趕緊去把玫瑰沙漏和那三個人找回來！」

「遵命，公主。小的，馬上去辦，小的馬上去。」冷執事整個人趴跪在地上說。

伊萊絲公主端起桌上裝滿食物的餐盤：

「我先去幫他們送餐了，巴特與小乖乖們一定都餓了。」

說完，就甩頭踩著高跟鞋優雅地走了出去，彷彿剛剛什麼事也沒有發生過。

仍然趴跪在地上的冷執事，在確定公主已經走遠後，才敢抬起頭來，並且發現地上有一灘水，原來是剛剛他無意中流了一身冷汗，汗水濕透了衣裳，在地面上聚集而成。

眞是太可怕了！公主已經快失去耐性，要是再加上那兇殘的巴特，自己還有活路嗎？

不行，不行，得再想想辦法！得再想想辦法！冷執事發狂似地跑了出去，尋找各種可能性。

另一方面，寬闊且平整的訓練場上，巴特教練正站在場邊，督促著五個隊員們繞著操場跑步。

五個隊員？

是的，你沒看錯，是五個隊員。

在阿提斯、黑鷹、保羅離開後，伊萊絲公主一時興起，運用乾稻草梗紮成的假人做成他們的化身，並在草人身上施展暗黑魔法，讓他們能夠自由活動，並且跟著法蘭斯、尼克遵從巴特教練的指示下完成訓練。

伊萊絲端著餐盤走到巴特教練身邊，溫柔地說：

「巴特，來吃點東西吧！都練了一整天了，休息一下，補充點體力。」

巴特教練一回頭看到是伊萊絲公主，連忙接過她手上端的餐盤，將餐盤放在一旁的桌上：

「伊萊絲公主，妳怎麼來了？眞不好意思，還讓妳送點心來給這些臭小子們。」

公主貼近巴特教練，迷戀地撫上他帥氣的臉龐，順著輪廓往下畫，最後手指停留在他豐厚的胸前，嬌媚地說：

「你知道，我其實不是爲了那些臭小子們，我是爲了你、爲了你才來的。」

巴特教練牽起伊萊絲公主停在胸前的手：

「親愛的伊萊絲公主殿下，我該如何形容我內心裡對妳的感謝。妳總是那麼貼心，不但借給我們場地做訓練，還親自送點心來給我們。公主，在我眼裡，妳不僅人長得漂亮、心地又善良，誰能娶到妳是誰的福氣啊！」

公主嬌羞地低下頭小小聲地說：

「你其實就可以……。」

「公主？妳說什麼？我沒聽清楚。我先叫那些男孩回來吃點心，等一下再聽妳說，好嗎？」

巴特教練轉頭對著操場大吼：「收隊！」

只見男孩們迅速地在巴特教練面前，整齊地按照位置站好。

巴特教練大聲宣布：

「隊員們，伊萊絲公主特別送來許多點心，慰勞大家。大家一起向伊萊絲公主道謝。」

所有男孩們用力地喊著：

「謝謝美麗的伊萊絲公主。」

聽到男孩們的大聲道謝，伊萊絲公主感到很滿意：

「不用客氣！大家多吃一點，吃飽才有力氣繼續練習，你們一定會獲得冠軍的！」

巴特教練特別牽起公主的一隻手，在她的手背上落下禮貌性的一吻：

「公主，謝謝妳。」

對於這意外的一吻，公主整個臉都害羞地紅了起來，像似顆紅蘋果，可愛極了！

巴特教練看到公主嬌羞地樣子，對她揚起微微一笑，之後才轉身對男孩們說：

「稍息後，大家自由取用點心食用。稍息！」

「稍息！」男孩們齊聲大喊，一陣歡呼後快速衝向桌上擺放的點心。

愛吃的法蘭斯理所當然地是第一個衝向點心，二話不說就拿起食物往嘴裡塞。

在他後面的尼克看到了，連忙說：

「法蘭斯，你吃慢一點，小心噎死！」

法蘭斯用塞滿食物的嘴巴回答：

「不會啦！這眞是絕了！這吃起來眞是太美味了！尼克，你也快來！」

「好，我就在你後面，留一點給我啦！」站在後面的尼克，看到法蘭斯幾乎要掃盤，趕緊出聲阻止他，並且從他的手中搶下一塊鹹派後，才心滿意足地走到旁邊吃了起來。

但是，當他經過阿提斯、黑鷹、保羅三個人身旁時，看到他們只是呆呆地站在桌子旁看著點心盤，忍不住勸道：

「你們不要光看啊！趕快拿一塊吃，不然，都要被法蘭斯吃完了。」

但是，他們三個人對於他的催促，沒有絲毫的反應，仍然一動也不動地盯著桌上的食物看，一點都沒有要動手拿的意思。

尼克覺得十分奇怪，走到法蘭斯身邊，偷偷在他耳邊說：

「法蘭斯，你有沒有覺得阿提斯、黑鷹、保羅他們三個人怪怪地？好像稻草人一樣，只盯著食物看一動也不動……。」

「那不是很好，就沒有人會跟我們搶食物啦！」滿嘴食物的法蘭斯說。

聽到他這樣說的尼克，有些生氣地用手指點著他的額頭：

「吃吃吃！你就只知道吃！一點都不關心其他人，好歹他們也是你的隊友。」

法蘭斯撇了一眼，遠處嬌媚的伊萊絲公主，她正滿臉嬌媚地拿著食物討好著巴特教練，瀰漫在他們四周曖昧地氣氛，讓他有些看不慣，冷冷地回道：

「關心又不能當飯吃，能吃飽比什麼都重要！」

「你真是不愧是個吃貨！」尼克憤恨不平地說。

法蘭斯轉過頭，將他手中的食物塞向尼克的口中：

「吃你的東西吧！別再胡思亂想！」

「呀！法蘭斯！你在做什麼！幹嘛將食物硬塞在我的嘴裡！」突然被食物塞滿嘴的尼克，一邊將食物吐出來，一邊大聲地說。

巴特教練注意到他們的爭吵：

「吵什麼！再吵就再去給我跑五圈操場！」

法蘭斯趕緊伸手捂著尼克的嘴巴回答：

「沒有，沒有，教練，我們只是在鬧著玩，沒有吵架。」

被摀住嘴巴的尼克點點頭表示同意。

伊萊絲公主連忙開口緩和氣氛：

「別氣，別氣，小孩子鬧著玩嘛！小孩子不都這樣？」

聽到伊萊絲公主開口求情後，巴特教練瞪了法蘭斯和尼克一眼後，回頭對著公主溫柔地說：

「公主，眞不好意思！謝謝妳容忍這些熊孩子，妳眞是一個心胸寬大的女人，以後一定會是一個好媽媽的。」

被自己心儀的人稱讚的公主，感到不好意思地低下頭，害羞地紅了臉。

這一刻，她突然感受到原來幸福就是這樣啊，能被自己心愛的人稱讚，倚靠在喜愛的人身邊，感覺眞甜蜜。

如果，如果，能拿到玫瑰沙漏，就可以每天享受到這樣心動的感覺，多好啊！

對了，那些去尋找玫瑰沙漏的人呢？

怎麼去這麼久，還沒有回來，眞是一點效率都沒有，等他們回來一定要狠狠兇他們一頓。

「公主殿下，您在想什麼呢？點心還這麼多，您也來一起享用。來！我特別拿了塊蛋糕給您，一起吃。」

巴特教練端了盤蛋糕到公主的面前，十分紳士地說，公主接過他端來的點心，喜孜孜地坐在他的身邊，跟他一起吃。

「你說，那伊萊絲公主該不會喜歡上我們巴特教練了吧？」好不容易吞下滿口食物的尼克，小聲地詢問著。

吃飽的法蘭斯只是閉著眼睛假裝休息：

「吃你的食物，尼克，別管這麼多！有時候太好奇，反而會惹上麻煩的。」

「法蘭斯，你該不會知道些什麼吧？跟我說，跟我說……。」尼克要求著。

他只是冷冷地回答：

「沒有。我要睡一下，等一下要開始訓練的時候，再叫醒我！」說完，便倒頭就睡了。

尼克看著躺在地上休息的法蘭斯，拿他一點辦法也沒有，不過，這一切眞是有點詭異，他轉頭看著像是稻草人般圍在點心桌旁的隊員們，和遠方親暱靠在一起的巴特教練與伊萊絲公主，暗自在心裡想著，爲什麼巴特教練都沒有發現阿提斯、黑鷹跟保羅的不對勁呢？

難道教練眞的喜歡上這個叫做伊萊絲的女人了嗎？

還有，阿提斯他們三個人到底是怎麼了？

集體訓練的時候，看起來都還好，但只要訓練一結束，休息的狀態下，這三個就讓人感覺非常怪異，似乎不是眞的人一般，叫了也不理，更不用說會跟他或是法蘭斯玩鬧了，一切令尼克想得都頭痛了，還想不出個所以然來。

比起煩惱的尼克，閉著眼、躺在地上的法蘭斯則在悠閒許多，他在心中想的則是其他，比如說他實在弄不懂那麼年輕、漂亮的伊萊絲公主，怎麼會喜歡上像巴特教練那樣的老頭，而完全沒有注意到帥氣的自己。

她該不會是有戀父情結吧？

一定是的，不然，怎麼會忽視她的身邊還有我這樣一個萬人迷存在呢？

想到這裡，法蘭斯安心多了，濃厚的疲憊感不斷召喚著他，讓閉上眼的他不由自主地睡著了。

風，輕輕地吹著，所有人正享受著高強度訓練後的寧靜與美食時，從遠遠的天空，傳來陣陣轟隆隆地聲音。

轟～～，轟～～，

這驚天動地的聲響，驚醒了法蘭斯，也驚動了所有人。

尼克疑惑地抬頭望向天空。

「這是打雷吧！是要下雨了嗎？」

法蘭斯坐起身來，站到尼克身邊說：

「看起來不太像。」

原本灰濛濛的天色，被遠遠飄來的綠光渲染成古怪的青藍，一道強烈的白光從遠方射過來，硬是將寬闊的蒼穹劃成了兩半，彷彿是被撕裂開了一般，再搭配上轟隆隆的聲響，像是有什麼怪物要出現一樣。

伊萊絲公主嚴肅地站起身，望向遙遠的天際。

巴特教練看到她臉色不佳的樣子，也跟著站起來貼近她身邊：

「公主，是發生什麼事情了嗎？」

公主還沒來得及回答他，一條靛青色的巨龍從白光中飛躍而出，顯現在半天的雲層中，朝著他們所在的地方飛來。

尼克驚訝地說：

「是龍！竟然是條巨龍！這太神奇了！」

只見那條巨龍在訓練場上空盤旋了一陣子後，才緩緩降落在訓練場中央的空地上。

接著，從巨龍身上爬下來三個人，仔細一看竟然是阿提斯、黑鷹及保羅。

法蘭斯直覺地大聲喊出：

「阿提斯、黑鷹、保羅。」

他們三個人聽到他的呼喊，也興奮地跟他和尼克揮揮手：

「法蘭斯、尼克、巴特教練。」

「如果，阿提斯、黑鷹、保羅在這裡，那剛剛我訓練的那三個人又是誰？」巴特教練困惑地說。

聽到這質疑的伊萊絲公主公主趕忙解釋：

「他們才真的是阿提斯、黑鷹和保羅啊！」

阿提斯一見到站在巴特教練身邊的伊萊絲公主，激動地大叫：

「伊萊絲公主，快放開巴特教練，不要傷害他！教練，你離那伊萊絲公主遠一點，小心著了她的道。」

公主生氣地說：

「你到底是誰？怎麼可以在這裡胡說八道！你哪隻眼睛看到我傷害他了！我每天好吃好睡地供養著他和孩子們，哪有對他們怎麼樣？」

「別再廢話了，伊萊絲公主，快放了他們！」保羅憤怒地說。

伊萊絲公主高傲地說：

「玫瑰沙漏呢？你們把玫瑰沙漏帶回來了嗎？」

黑鷹從懷中掏出一個沙漏：

「妳要的沙漏在這裡，來拿啊！」

伊萊絲公主一看到，馬上指揮著那三個草人：

「阿提斯、黑鷹、保羅去把玫瑰沙漏搶過來！快！」

得到公主指令的草人們瘋狂地撲向站在場中央的黑鷹，搶奪他手上的沙漏。

阿提斯與保羅迅速地來到黑鷹身邊，幫忙阻擋飛撲而來的草人們，因此，形成了一對又一對長得一模一樣的人，在場中央混亂地打成一團，讓場邊的巴特教練、法蘭斯和尼克看得更加迷惑，看不清楚那一個才是真的人。

「尼克！你站在那裡，幹嘛！還不快點來幫我打倒這假人！」保羅趁著混戰的空隙朝著場邊的尼克喊著。

正在跟保羅對打的另外一保羅也開口喊道：

「什麼假人！你才是假人勒！尼克，你快來！幫我打他，他才是假的。」

說完，便朝向對方的臉揮上一拳。

一時不察的保羅果眞被打到，生氣地說：

「你竟敢打我的臉！你這該死的假貨！」

「你說什麼！！你才是假貨！」另一保羅暴怒地向前揮拳，兩個人扭打成一團。

在場邊試圖要幫忙的尼克著急地說：

「可是，可是，我搞不清楚哪一個才是眞正的保羅啊？」

「當然是我啊！」兩個保羅異口同聲地說，然後，接著又打了起來，只留尼克在旁邊急地跳腳。

黑鷹也對著法蘭斯喊著：

「法蘭斯！你還站在那裡做什麼！來幫忙啊！」

聽到黑鷹呼喊得法蘭斯，毫無猶豫地走向扭打成一團的他們，一拳就揮向其中一個黑鷹，讓他痛地大喊：

「該死的！你打我幹嘛！要打的是對面那個假人，不是我！」

「啊？你是眞的黑鷹？」法蘭斯停頓了一下。

另一個黑鷹則是開口說：

「打得好！法蘭斯，就是這樣，打死這個假人！」隨即又向對面那個人揮了一拳，當然，對方也不甘示弱，邊打邊說：

「你竟然敢指使法蘭斯來打我！你這個假黑鷹，看我怎麼修理你！」

搞得想上前幫忙的法蘭斯糊裏糊塗地，不知道該怎麼辦才好。

努力跟眼前怪物奮戰的阿提斯，也對著巴特教練喊著：

「教練！教練！快來幫我打倒這怪物！」

「閉上你的臭嘴！你才是怪物勒！」在阿提斯正對面的另一個阿提斯生氣地說，然後，兩個人又扭打了起來，戰況十分激烈。

巴特教練拿起隨身的木棍，走到他們身邊試圖想要分清楚哪一個才是眞正的阿提斯，卻沒有辦法。

可惜，眼前這兩個人實在太像了，而且又一直打來滾去的，根本沒有辦法仔細觀察。

突然一個翻身，其中一個阿提斯整個人壓制在另一個身上，躺在地上的阿提斯，害怕地朝著巴特教練喊著：

「教練，救我！我快被打死了，救我！」

眼見上方的阿提斯就要揮著拳頭，打死對方了。

巴特教練擔心是假人要殺死眞正的阿提斯，連忙揮舞手上的木棍，一棒打在揮拳阿提斯的後腦。

碰地一聲！

來不及揮拳的阿提斯，因爲這一棒整個人倒在地上，而所有正在混戰的人們都停下了動作。

黑鷹和保羅看到阿提斯被打倒在地上，急忙跑了過去。

保羅扶起倒地的阿提斯說：

「阿提斯！阿提斯！你還好嗎？你還好嗎？」

原本被壓在下方的另一個阿提斯，趁此溜到旁邊躲在伊萊絲公主旁邊。

黑鷹氣憤地對巴特教練說：

「教練，你在做什麼！阿提斯跟了你那麼久，你竟然分不出那個才是眞的阿提斯，你打死了他，你知道嗎？」

聽到黑鷹的指控，巴特教練迷茫地看著雙手與眼前的一切：

「我·我·我打死了他！我竟然打死了我心愛的學生？！」

黑鷹看到眼前的一切，深知這樣下去是不行地，他低下頭握住胸前的項鍊：

「敬愛的荷魯斯，我，黑鷹，衷心請求您的協助。請您以您神聖的力量，讓虛幻的世界呈現原有的眞實樣貌，引領迷途的人們找回自我，讓迷失的靈魂回歸中心，穿透迷霧讓眞實的自我顯現。神聖的荷魯斯，我誠心祈求您的眷顧，祈求您的幫助。」

當他說完的同時，一圈白色的光芒如漣漪般向外擴散，那光芒所到之處遇到的物品都有了莫大的變化。

原本看似在室外的訓練場，變成了一個諾大的地下穴室；跟黑鷹與保羅打架的對象化為由乾草桿紮成的草人僵硬地躺在地上，桌上那些所謂的美食點心則是一個又一個的石頭。

雖然，伊萊絲公主依舊美豔、妖嬈，只是看起來不再像是十八歲的年輕小女孩，而是有些年齡的輕熟女，身後則是站了一隻身形龐大、人頭鳥身的賽蓮，原來冷執事是一隻擁有魔法的貴族賽蓮。

然而，阿提斯依然沒有醒過來，直挺挺地躺在地上。

巴特教練不敢置信地看著眼前的一切，原來這段時間所見到的一切都是幻影，皆是由暗黑魔法所變出來的，沒有天空、沒有訓練場，連吃下去的東西都可能只是土。

他指著伊萊絲公主說：

「妳．妳．妳．妳騙我，妳騙了我～～。」他茫然地看著躺在地上的阿提斯：

「我竟然還因為妳，打死了我的學生～～。」

聽到巴特教練指控的伊萊絲公主說：

「別誣賴我，是你自己沒有看清楚，沒有分辨出來那一個才是真正的學生阿提斯，才不是因為我呢！」

「妳這魔女，要不是因爲妳變出那些假人，還讓他們來搶奪玫瑰沙漏，不然怎麼會發生這些事！妳這個心腸邪惡的壞女人！」法蘭斯憤怒地說。

「壞女人！你竟然說我是壞女人，這些日子以來，我對你們這麼好，準備了多少的好東西給你吃，你不知道感恩，還說我是心腸邪惡的壞女人！你這個忘恩負義的小人，我要懲罰你！！」發了狂似的伊萊絲公主召來暴風式的暗黑魔法，將法蘭斯與尼克捲了過去，甩進一座大型的鋼製鳥籠裡關了起來。

被關著的法蘭斯與尼克慌張地緊抓著鳥籠上的鋼條狂喊：

「放我出去！快放我出去！」

盛怒之下的伊萊絲公主說：

「你們想出去？除非，你的隊友們願意拿眞正的玫瑰沙漏來換，我就讓你們出去。黑鷹，你說呢？你願不願意拿玫瑰沙漏來換你朋友們珍貴的性命呢？」

黑鷹沒有說話，只是看著眼前發生的一切，試圖冷靜下來思考對策。

伊萊絲公主看他的樣子，狂放地說：

「不要試圖用白女巫的魔法來救他們，那是沒有用的！」

黑鷹閉上眼、深吸了一口氣，突然想到荷魯斯的右眼有辨別虛實的能力，而祂的左眼則具有復活死者的力量，他現在身上帶的這枚項鍊的眼睛，則是鑲在正中央，穿透兩邊都可以使用。

因此，黑鷹將掛在脖子上的項鍊取了下來，將它翻轉過來，讓左邊的荷魯斯之眼朝向躺在地上的阿提斯，嘴裡唸著：

「敬愛的荷魯斯，我，黑鷹，衷心請求您的協助。請您以您神聖的力量，讓虛幻的世界呈現原有的眞實樣貌，引領迷途的人們找回自我，讓迷失的靈魂回歸中心，穿透迷霧讓眞實的自我顯現。神聖的荷魯斯，我誠心祈求您的眷顧，我乞求您以神聖的力量喚回我的朋友阿提斯，讓他能夠復活。我乞求您神聖力量的最後協助。」

瞬間，在他們頭頂上方的穴壁突然裂開的一個洞，一到七彩的光芒從洞中直射向阿提斯的心臟。

「咳咳咳！」躺在地上的阿提斯扶著胸口，坐了起來。

「阿提斯！阿提斯！你復活了！這太神奇了！」保羅驚訝地說。

而原本握在黑鷹手中的荷魯斯之眼項鍊，卻漸漸化爲透明，如同一陣煙霧般消逝在他眼前。

黑鷹知道這是白女巫對他們最後的守護，在心中默默地對消逝的祂說：謝謝您，神聖的荷魯斯與白女巫，謝謝您這一路上的守護。

死而復生的阿提斯站了起來，與黑鷹、保羅並肩站立著。

被關在籠子裡的尼克，雖然也被眼前這神奇的情況驚嚇到，仍然不忘對他喊著：

「阿提斯！阿提斯！救我！救我！」

阿提斯衡量了一下眼前的情況，轉頭向黑鷹與保羅使了個眼色，伸出了他的手，另外兩個人看懂了阿提斯的暗示，也跟著伸出了他們的手。

三個人將他們的手掌重疊在一起，金黃色的光芒從他們圍繞的中心綻放而出，做工精緻的玫瑰沙漏出現在眾人的眼前。

伊萊絲公主看到意外出現的玫瑰沙漏，雙眼發光、貪婪地說：

「玫瑰沙漏！你們眞的拿到玫瑰沙漏，快給我！快給我代表幸福的玫瑰沙漏！這樣我就可以獲得幸福了。快給我！快給我！」

不知道是不是因爲伊萊絲公主情緒過於激動的關係，整座洞穴也跟著震動了起來，兩旁比較鬆動的岩石開始慢慢剝落。

阿提斯嚴肅地說：

「要我們把玫瑰沙漏給妳，可以。妳先把法蘭斯跟尼克放出來～。」

伊萊絲公主二話不說，大手一揮整個鳥籠就被翻倒，法蘭斯與尼克趕緊跑到阿提斯、黑鷹與保羅的身邊。

「我已經放了他們，你把玫瑰沙漏給我！快給我！」伊萊絲公主說。

「好，妳過來拿。」黑鷹舉著玫瑰沙漏誘引著公主前來。

伊萊絲公主伸長了手臂，努力地想要拿到近在眼前的玫瑰沙漏

「玫瑰沙漏、心愛的聖物，我就要得到你了。有了你，我就可以永遠擁有幸福的一切。」

終於，她握住了玫瑰沙漏，一把將其捧在手心，無比興奮地說：

「我終於得到了你了！玫瑰沙漏，你是我的！是我的！」

她狠戾地看向其他人說：

「玫瑰沙漏是我的，終於是我的了！哈哈哈哈哈！哈哈哈哈哈！對，我不能讓你們任何人來搶走他。對，不行，所以，我要把你們都殺了！只要你們都死了，就沒有人會來搶走我的幸福了！哈哈哈哈哈！哈哈哈哈哈！」

發了瘋似的伊萊絲公主高舉著玫瑰沙漏，不停地大笑著，笑聲震動了整個洞穴，阿提斯、黑鷹、保羅、法蘭斯、尼克忙著閃躲四周持續落下大大小小的岩石。

保羅抱怨地說：

「我看那女人是瘋了，我們得趕緊逃出去才行，不然，就要死在這裡了。」

「是啊！是要逃出去。可是，要往那裡逃呢？」黑鷹一邊閃躲著一顆幾乎要砸到頭的石塊，一邊說。

「阿提斯，你是隊長，快想想辦法吧！」尼克喊著，他正跳開避免一塊直線掉落的巨石打到他的頭。

就在這一團混亂的時候，吼~~的一聲，剛剛載著他們過來的靛藍色巨龍揚起頭，發出巨大的吼叫，頓時伊萊絲公主停下了她瘋狂的笑聲，狐疑地看著眼前的巨龍。

巨龍開口：

「伊萊絲，沒想到這麼多年沒見，妳還是一點長進都沒有，仍然如此的幼稚。」

聽到巨龍的教訓，伊萊絲公主鐵青了臉：

「你是誰？有什麼資格可以教訓我？」

一團白光籠罩著靛藍色的巨龍，在光中巨龍漸漸化爲人形，顯現在眾人面前。

「亞瑟王？你沒死？」冷執事驚呼著。

阿提斯看向場中央那個長得很像自己的人，原來這就是亞瑟王啊！

亞瑟王看到阿提斯正在看他，微微跟他點了個頭：

「阿提斯，我們果然長得很像，也難怪雀兒會認錯。恭喜你和你的朋友通過試煉，得到玫瑰沙漏，成爲祂的新主人。」

伊萊絲公主聽到，激動地指著亞瑟王：

「你亂說，玫瑰沙漏是我的！是我伊萊絲的！」

亞瑟王嘆了一口氣：

「唉！伊萊絲，妳還要胡鬧到什麼時候！我不是跟妳說過，眞正的幸福是要靠自己去尋找的，不是擁有了玫瑰沙漏就算是擁有幸福，況且，妳也沒有通過任何的試煉是不可能成爲玫瑰沙漏的主人。」

「不可能，這不可能，他明明就把玫瑰沙漏給我了。你看，我還拿在手上呢！所以，我才是祂的主人。我是這麼渴望著幸福的到來，你怎麼可以說我不會擁有幸福，怎麼可能？」伊萊絲公主不可置信地說著。

「不信？只要他們一召喚，玫瑰沙漏就會自動回到他們手中的，不信妳自己看！」亞瑟王說。

聽到亞瑟王這麼一說，阿提斯、黑鷹、保羅馬上形成召喚隊形，面向著玫瑰沙漏開口召喚。果然，玫瑰沙漏掙脫了伊萊絲公主的掌握，飛向黑鷹的手中。

「還給我！還給我！你們這些小偷，怎麼可以偷走我的玫瑰沙漏，快還給我！還給我！」伊萊絲公主邊喊著，邊想要跑向玫瑰沙漏，卻被在一旁的巴特教練抱住了腰動彈不得。

巴特教練邊困住公主邊說：

「阿提斯，快走！帶著他們快走，我來拖住這女人。」

亞瑟王看到連忙出聲：

「阿提斯、黑鷹、保羅你們只要將沙漏顛倒過來，祂就會帶你們回到原來的時空。快！」

「好！法蘭斯、尼克你們也伸手搭在黑鷹的肩膀上。巴特教練，快來！我們一起走！」阿提斯說。

巴特教練說：

「你們走吧！總要有人困住伊萊絲。快走，不用擔心我。」

「教練……。」所有人捨不得地喊著。

伊萊絲公主奮力地掙扎並且狂罵：

「巴特！快放開，快放開我！」

「走吧！孩子們，快走，不用管我！阿提斯，幫我好好帶領球隊，如果你們得到冠軍的話，再面向樹穴告訴我一聲就可以了。快走，我快抓不住她了！」巴特教練揚聲說道。

黑鷹抬頭看了教練一眼，就伸手把沙漏點顛倒過來，剎那間，強烈到讓人睜不開眼的白光，將他們完全籠罩，看不清裡面發生了什麼事情。

眼見阿提斯他們快要離開了，萬分緊張的公主忍不住一邊捶打著巴特教練，一邊喊著：

「你這該死的巴特，趕快放開我，他們就要把我的幸福奪走了，快放開我，我要去追尋那個屬於我的幸福，快放開我！不然，我會讓你死的很難看！」

巴特教練輕聲地在她的耳邊親訴：

「那個幸福並不屬於妳，伊萊絲。親愛的，妳留下來，跟我一起留下來，我們一起在這裡創造出屬於我們的幸福，好嗎？」

盛怒中的伊萊絲聽聞此言，訝異地轉身看著巴特教練：

「真的嗎？你說真的嗎？你真的願意留下來陪我？」

巴特教練真摯地看著她渴望幸福的雙眼：

「是的，我親愛的伊萊絲。經過這段日子的相處，我發覺我漸漸喜歡上妳，想要跟妳共度一生，妳願意嫁給我嗎？也許，我只是一個平凡的人，但是，我會努力帶給妳幸福的，請妳相信我。」

「喔～巴特。」面對這突如其來的求婚，孤單許久的伊萊絲有些不知所措，整個人緩和下來不再掙扎，她不敢相信原來她如此靠近幸福。

「所以，伊萊絲，妳的答案呢？」巴特溫柔地問著，眼前看似狠絕的女魔頭，瞬間變成臉紅嬌羞的小女人，倚靠在他的胸膛，微微地點著頭表示答應。

巴特開心地擁著她，享受著這一刻的甜蜜。

他望向逐漸消逝在空氣中的光芒，在內心裡想著：孩子們，教練現在很幸福，你們一定也要幸福喔！

第十章　幸福・樹

這一天，燦爛的陽光均勻灑落大地，一切顯得是那樣平和。

阿提斯身上背著裡頭裝著獎杯的背包，與他的隊員們黑鷹、保羅、法蘭斯、尼克正走在荒涼的山路上，手腳並用地想要爬到伊萊絲樹洞前，既便他們正走在一面山壁一面懸崖的小路上，依然無所畏懼，只因為想要與巴特教練分享屬於他們的好消息。

算算日子距離他們離開洞穴，也已經有三個月的時間了。

當時，多虧了顛倒的玫瑰沙漏，所擁有的移轉時空力量，將他們從另一個時空送回來，在三個月前的今天，他們回到了村莊。

當再次張開眼時，除了巴特教練以外的所有人，全都回到了日常練習的操場上，而玫瑰沙漏在他們到達時，也跟著消失在空氣中，只留下如同紋身般的圖騰在阿提斯、黑鷹及保羅的手腕上。

然而，在此之後，即便他們三個人想要再次召喚祂，玫瑰沙漏卻再也沒有現身過。

也許是因爲玫瑰沙漏需要時間蓄積能量吧！黑鷹想。

畢竟，一次帶了五名地球之子回到原來的時候，是非常消耗能量的事情，也許，未來有一天，他們需要祂的時後，祂會再次現身。

這個推論也是他與姆姆後來討論以後的結果。

即使是如此，他們也一致認爲玫瑰沙漏目前不會出現，也許是件好事，這樣一來，或許可以免去一些不必要的麻煩與無謂的搶奪。

有時，黑鷹會回想起自己在洞穴裡的那段冒險經歷的一切，那些住著許多奇怪動物，且會做出那些難以置信行爲的荒謬森林、難走至極的沙漠、被當成食物儲藏櫃的枯樹、看似兇狠其實只是大貓的花豹小花、兇狠殘暴的賽蓮、純潔和善的獨角獸、在風雪交加下攀登岩壁、漂亮到稱得上夢幻的發光花園……，種種一切是如此不眞實，猶如一場夢一般。

然而，曾經感受過的點點滴滴卻又是那麼眞實，讓人不得承認能夠再次平安地站在樹洞前，是多麼值得感恩的事情。

終於，他們再次來到伊萊絲樹洞前。

豎立在他們面前的樹木，依舊是那麼龐大壯觀，洞口前由無數的氣根所形成的門簾，依然讓人無法一眼看穿洞裡的狀況，但是，這一次男孩們不再害怕，他們都已經知道那道門的後面會有些什麼。

男孩們面對著伊萊絲樹洞排成一列，阿提斯小心翼翼地將背包裡的獎盃拿出來輕放在地上，誠心地對著樹洞祝禱：

「親愛的巴特教練，我是阿提斯。跟我一起來的還有黑鷹、保羅、法蘭斯與尼克。在你與玫瑰沙漏的幫忙之下，我們平安的回到父母身邊，而且終於贏得了全國高中足球聯賽的冠軍，今天特別帶著獎杯想要來與你分享這個好消息。我們現在過得很幸福，希望教練您在那邊，也可以過得幸福。」

「是啊，教練，這一次比賽我們充分發揮團隊合作精神，一路過關斬將把對手們都狠狠拋在腦後。我想，如果您有在場邊觀賽的話，您也會驚訝於我們暴風式的成長吧！」保羅說。

尼克點點頭應和：

「是啊，連一向嚴刻的威廉教練，都豎起拇指稱讚我們。所以，教練，您在那邊不要擔心，我們會繼續乖乖努力練習的。您在那裡，伊萊絲公主對您好嗎？有沒有虐待您呢？」

「尼克，你說什麼呢？伊萊絲公主人長得那麼柔弱、善良，怎麼可能會虐待巴特教練！反而是教練，教練長得那麼強壯可不要欺負人家。」法蘭斯不平地說。

「好好好，只要他們兩個人幸福就好。」黑鷹眼看法蘭斯與尼克即將又要吵起來，連忙出聲緩和。

「是啊，說不定他們還會生幾個可愛的孩子呢！」阿提斯應和地說。

聽到他們這麼說，法蘭斯與尼克不約而同地點點頭表示認同，不管怎麼樣，巴特教練與伊萊絲公主能夠在一起彼此互相照顧就好。

保羅低頭看著手腕上的玫瑰沙漏圖騰，開口說：

「是啊，只要能平安幸福地活著，就是最值得感恩的事情了。雖然，我還是不太懂爲什麼象徵幸福的玫瑰沙漏會挑上我們當祂的守護者。」

「嘿，保羅，你可別沒自信！我想，玫瑰沙漏會挑中我們三個人做爲守護者，一定是我們擁有無與倫比的特質，比如，你的眞誠、黑鷹的熱情與我對於人的信任。況且，我們也不是平白無故地獲得玫瑰沙漏，可是經歷過許多關卡才得到的呢！」阿提斯說。

「說的也是。我到現在都還記得，在山巔上，我誤以爲你跟黑鷹已經失溫死掉的強烈感受，那情緒仍深刻印記在我心中。」保羅說。

黑鷹拍拍保羅的肩膀：

「一切都過去了。我們最終都完好無缺地回到這裡，幸福的生活著。我想我一輩子也不會忘記的。」

阿提斯無聲地點點頭，望向前方的樹洞，絲毫沒有發現一隻龐大的黑鳥飛來，輕巧地停在樹梢。

風，仍輕輕地吹拂，懸掛在樹枝上的綠葉微微隨之擺動，從樹梢間灑落的陽光在地面上形成細細光點，不仔細看，你將錯過玫瑰沙漏的縮影，就像錯過日常那些平凡的幸福。

（全書完）

國家圖書館出版品預行編目資料

樹・穴・魔法迷宮／竹涵著. --初版.--臺中市：
白象文化事業有限公司，2021.12
面； 公分
ISBN 978-626-7056-38-7（平裝）

863.57 110017996

樹・穴・魔法迷宮

作　　者　竹涵
校　　對　竹涵
發 行 人　張輝潭
出版發行　白象文化事業有限公司
412台中市大里區科技路1號8樓之2（台中軟體園區）
出版專線：（04）2496-5995　傳真：（04）2496-9901
401台中市東區和平街228巷44號（經銷部）
購書專線：（04）2220-8589　傳真：（04）2220-8505
專案主編　水邊
出版編印　林榮威、陳逸儒、黃麗穎、水邊、陳媁婷、李婕
設計創意　張禮南、何佳諠
經銷推廣　李莉吟、莊博亞、劉育姍、李如玉
經紀企劃　張輝潭、徐錦淳、黃姿虹、廖書湘
營運管理　林金郎、曾千熏
印　　刷　百通科技股份有限公司
初版一刷　2021年12月
定　　價　280元

缺頁或破損請寄回更換
版權歸作者所有，內容權責由作者自負